Diseño de cubierta: Mario Muchnik

En cubierta:
Der Tod des Dichters Walter Rheiner (1925),
de Conrad Felixmüller.
Los Angeles County Museum of Art.

Foto de contracubierta:
© Alejandro Valdivieso

Esta edición de
Cuentos vertiginosos
compuesta en tipos Garamond de 11,5 puntos
en el ordenador de la editorial
se terminó de imprimir en los talleres de
Josmar, S. A., Pol. Ind. El Montalvo, Salamanca,
el 25 de agosto de 1993.
Impreso en España — Printed in Spain

Beatriz Valdivieso

Cuentos vertiginosos

Anaya **&** Mario Muchnik

Cuentos vertiginosos

¿ NO COMES NADA ?

Se prometió a sí mismo no volver a comer potaje de garbanzos ni judías con oreja en días laborables. El primer problema de gases apareció con las bebidas carbónicas, cuyo abuso dejó en su estómago una honda huella, por lo que tuvo que ponerse a régimen. La dieta pronto le cansó y volvió a las andadas. Los compañeros insistían en que comiera lo mismo que ellos, que se dejara de filete a la plancha o merluza hervida y comiera algo sólido, consistente ("¿no pides el menú?"; "los martes, cocido, no me digas que no vas a pedir cocido"; "hijo, ni que estuvieras gordo"). Porque no estaba gordo, aunque sí le sobraban seis kilos. El problema es que la comida sin sal le dejaba en un estado ansioso, fumaba el doble, bebía tazas y tazas de café y andaba mal, nervioso, insatisfecho; hasta que un día, animado por un compañero del trabajo, rompió el régimen y pidió potaje, aunque no abandonó la sacarina con el café. Aquella tarde se sintió bien físicamente, pero había algo que le corroía por dentro: el temor a no volver a la dieta, el haberse traicionado, haber hecho algo en contra de su voluntad. Qué débil se sentía, debía haber dicho que no. "Mañana vuelvo a comer verduras y filete a la plancha, y como si nada." Pero al día siguiente, otro compañero celebraba su cumpleaños y en la hora del aperitivo no pudo resistirse a los platos con chorizo, morcilla, callos y chicharrones que pasaron delante

11

de sus narices. Dudó, retuvo la mano dentro del bolsillo del pantalón, removiendo la pelusilla, hasta que no pudo más y alargó el brazo hasta la bandeja de las morcillas de cebolla. Se habían enfriado un poco, por la demora en decidirse, pero estaba sabrosa, la hacían bien en aquel bar, sobre todo porque el compañero era amigo de los camareros y ya les había avisado con tiempo: "mañana cumplo años y quiero que me preparéis cosas de primera". Después, a la hora del almuerzo, con las venas inundadas de vino, no opuso resistencia y pidió el plato del día. "Judías con oreja y, de segundo, huevos fritos con pimientos." No se dejó una miga en el plato, que parecía lamido por un perro, pero no se daba cuenta: el vino y la alegría le habían hecho olvidar.

Esa noche había partido de baloncesto y su mujer había invitado a unos primos suyos. Delante de la televisión había una mesa baja, alargada, donde había fuentes con *sandwiches* de paté y jamón, cuencos con peladillas, una tabla grande de quesos variados y olorosos, berberechos gigantes, gambas recién cocidas, caracoles, y de su lado había un platito con unos rollitos de jamón de York, un poco de queso de Burgos y pan de régimen sin sal. Se sentó frente a ese soso aperitivo y notó al rato que le apretaba el cinturón. Metió la mano por debajo del jersey y se desabrochó con disimulo. Su mujer estaba pendiente de las novedades familiares de los primos y no notó nada, ni siquiera la vena hinchada, delatora, de su sien izquierda.

"El base del contrario recupera la pelota y se la pasa al capitán del equipo…"

–Canasta, canasta…

Entre el entusiasmo y los gritos de los primos extranjeros, dejó escapar un flato que le oprimía en alguna parte del pecho. ¡Cómo le gustaría tumbarse en la cama! Pero no podía, tenía que soportar el partido y tan sólo llevaban cinco minutos de juego. Ya no le importaba que ganara su equipo, casi prefería que encestaran los visitantes, para aprovechar el barullo de voces y relajarse.

–¿Te encuentras bien, cariño?– le preguntó en algún momento su mujer, sin mirarle, con los ojos clavados en la pantalla, una mano sobre la rodilla de un primo y en la otra un vaso de cubalibre.

Le oprimían los zapatos y no podía quitárselos; el cuello de la camisa estaba más prieto de lo normal. Sudaba, se sentía hinchado. No se atrevía a incorporarse y comer un rollo de jamón. "¿No tomas nada, no tienes hambre, cariño?", le había dicho la mujer sin mirarle.

Se durmió. Se disculpó diciendo que había tenido mucho trabajo y cerró los ojos sin que los demás le dieran importancia. Recordó que cuando eran novios, a los primos les daba por meterse con él. Ah, cómo los había odiado entonces, y cómo había olvidado este detalle que ahora aparecía en forma de sueño.

—Cariño, vete a la cama si no te encuentras bien.

Dio las buenas noches y se fue al dormitorio. Las voces y risas duraron hasta altas horas de la madrugada. Esa noche soñó con una de las secretarias. Una mujer entrada en años que debió de haber sido una belleza de joven, algo gorda, soltera, muy trabajadora, en quien nunca había reparado. La veía comer en la barra con otras secretarias. Siempre pedía cosas fuertes y se perfumaba mucho, posiblemente para quitarse el olor a fritanga. No bebía ni fumaba, pero irradiaba esa imagen de matrona de hace un siglo. En el sueño, él se recostaba entre sus carnes blancas y blandas y ella lo acariciaba. Había varias escenas con ella, confusas, que al día siguiente no recordó con claridad.

—Buenos días— dijo la secretaria de sus sueños.

Fue la primera persona con quien se cruzó del trabajo. Al verla nacieron en él sentimientos ya olvidados, salvo una vez que tuvo debilidad por la hija del vecino del quinto que se casaría al poco tiempo y olvidaría sin ninguna dificultad.

—Buenos días— contestó él.

Toda la mañana estuvo pensando en ella. Esperaba la hora del aperitivo, pero no coincidieron, pues ella iba a otro bar más económico. Pero en el almuerzo se adelantó al verla caminar delante en la calle, y al llegar al restaurante le dijo que se sentara con sus compañeros. Ella aceptó. Ese día, casualmente iba sola. "¿Tú qué pides?" Ella no podía gastar mucho, y él, sintiéndose un conquistador, le dijo que él pediría por ella y que no se preocupara por el dinero, que entre todos la invitarían por ser mujer. Pero no pidió vino, no pudo consentir que se relajara a su pasión. Él pidió un plato de cocido, porque era martes, y a ella le pidió lo mismo. ¡Con qué placer comía! Sin escrúpulos, sin vergüenzas, no se dejaba nada, ni el tocino ni el chorizo ni la morcilla. Así daba gusto. Además, supo que vivía sola. Qué ocasión tan buena.

En la sobremesa, sentado en su despacho, con el estómago pesado e hinchado, continuó pensando en ella. Quería que llegara la hora de salir y coincidir con ella en el ascensor, acompañarla hasta su casa, ver cómo vivía.

A las siete, con el abrigo puesto, aguardó unos minutos delante del ascensor. "¿No bajas?", le preguntaron. "No, bajad vosotros." Hasta que por fin apareció ella, a las siete y diez, y bajaron juntos. Afuera llovía, ¡ah feliz ocasión!, y ella aceptó que él la acompañara.

Todo ocurrió tal y como lo había deseado. Se quedó a dormir en su casa, por curiosidad, por ver si podía hacer real su sueño.

Las carnes blancas y blandas de aquella mujer, su arte para guisar potajes y cocidos, su protección física, le devolvieron su libertad, perdida un mes de mayo en un altar.

Nunca en su vida se puso a régimen. Murió quince años después, de un ataque a la vesícula. La nueva mujer no se había separado nunca de él. Llegó a engordar veinte kilos, pero había sido feliz, muy feliz.

LA RESPONSABILIDAD

L a secretaria del presidente salió precipitadamente del despacho, con ojos despavoridos y una mueca de dolor en la boca. Fue hacia el pasillo y gritó:

–Que llamen a un médico, por Dios.

El vicepresidente, que oyó las voces, se levantó como pudo y apareció en el umbral de la puerta de su despacho, con la bragueta a medio subir, deshecho el nudo de la corbata y con el postizo alborotado y caído sobre la frente, de forma que le tapaba una ceja.

–¿Le pasa algo a tu señorito?– preguntó en un tono irónico, fuera de lugar.

–El corazón– le replicó con dureza y desesperación la secretaria, señalándose con la mano su diminuto y escurrido seno.

El vicepresidente tornándose serio, se subió hasta arriba la cremallera de los pantalones y se colocó lo mejor que pudo el peluquín. Con su reverencia habitual, indicó a la secretaria que entrara en su despacho para llamar los dos juntos al médico.

–Marca este número– y alargándole el auricular, le fue indicando los números de teléfono de un primo suyo, médico, que atendía urgencias no muy lejos de la oficina.

Mientras la secretaria marcaba con el dedo tembloroso, la acompañante del vicepresidente, que había quedado muda ante aquel espectáculo, agarró su ropa y su bolso y se metió en el cuarto de baño.

–Van a mandar una ambulancia– dijo con voz seca la secretaria, intentando no ver a aquella mujer casi desnuda, vestida únicamente con las medias, los zapatos y el liguero.

La desconocida, antes de encerrarse en el cuarto de baño, le lanzó una frase de advertencia al vicepresidente:

–¡No tardes!

El vicepresidente comprendió y salió de su despacho, arrastrando a la secretaria en dirección al del presidente. Al abrir la puerta les abofeteó un tufo tremendo, un olor a fiambre en descomposición, a cloaca o a bota de soldado putrefacta. Sin ningún recato se llevó la mano a la nariz y la secretaria hizo lo mismo.

Al presidente no se le veía por ninguna parte. La secretaria lo llamó tímidamente, y como no obtenían respuesta, el vicepresidente vociferó:

–Señor presidente, hemos avisado ya a una ambulancia. Está en camino.

Un quejido sonó en la habitación, y la secretaria y el vicepresidente dirigieron sus miradas hacia el lugar desde donde parecía provenir el lamento. Detrás de una enorme mesa de diseño se veía una mano y una parte del cuerpo, que recordaba al de un mendigo retorcido en el suelo. La palma miraba al techo y parecía que estaba pidiendo limosna.

–Agua, tráigame agua– dijo el presidente con un tono lastimero.

El vicepresidente, haciendo un gesto con la mano indicando que saliera a buscar agua, obligó a la secretaria a cumplir con el deseo de su jefe. El vicepresidente se agachó para ayudar al enfermo a incorporarse, colocó su brazo detrás del cuello de su jefe y haciendo fuerza empujó hasta que éste quedó sentado con la espalda recta. Con los ojos en blanco y la boca llena de saliva aquel hombre estaba irreconocible, y al vicepresidente le costaba creer lo que estaba viendo.

Antes de que los dos intercambiaran una palabra, la eficiente secretaria ya estaba de vuelta con un vaso limpio y una botella de agua mineral fría de la nevera. Mientras servía el agua en el vaso sus manos temblaban ligeramente, y el vicepresidente, sentado en el suelo, observó sus piernas. Nunca las había tenido tan cerca y no había tenido, por tanto, ocasión de fijarse bien en ellas. Mientras el presidente apuraba el primer vaso, comprendió al ver aquellas dos columnas de carne por qué el jefe no quería una secretaria atractiva que lo distrajera de su trabajo; sin depilar, hinchadas, enfundadas en unas medias gruesas para contener las varices, aquel par de piernas era lo más indicado para no perder la cabeza. La secretaria llenó el vaso y aguardó a que se lo bebiera de un trago. Parecía como si ya estuviera acostumbrada a hacerlo y el vicepresidente, seguro de que ya dominaba la situación, se puso en pie y con la ayuda de la secretaria levantaron el cuerpo del presidente y lo colocaron sobre el sillón. El presidente echó medio cuerpo sobre la mesa y apoyó la cabeza bajo los brazos.

—¿Otra vez los gases?— preguntó en voz baja el vicepresidente a la secretaria.

Ella respondió con un movimiento de hombros.

—Hacía tiempo que no volvía a las andadas— dijo el vicepresidente, tratando de que comprendiera la secretaria que él estaba al tanto de todo lo que a su salud se refería respecto de su jefe.

La secretaria no le devolvió el gesto de complicidad que esperaba el vicepresidente y éste guardó un rato de silencio, mientras rumiaba frases de desaprobación contra aquella mujer tan poco atractiva para él y en cuya presencia no era difícil sentir la piel de gallina, o algo parecido al desagradable efecto que produce lo que da alergia. Dando un respingo, retrocedió y echó una ojeada al cuaderno de notas que la secretaria había dejado sobre el asiento desde el que se sentaba a tomar dictados. Cuando leyó las primeras palabras anotadas, al principio de la hoja, se quedó boquiabierto, con los ojos salidos de las órbitas. Cerró los ojos unos segundos, los abrió y volvió a leer, incrédulo, lo que allí estaba escrito. Como no queriendo creer lo que estaba viendo, agitó la cabeza, bajó los párpados, respiró profundamente, y cuando estuvo seguro de que la pesadilla ya había pasado, volvió a mirar el cuaderno. Seguía poniendo lo mismo: "Queridos Reyes Magos: como este año me he portado muy bien, quiero que me traigáis lo siguiente…" No siguió leyendo para que no le diera un ataque al saber la lista de regalos que había pedido el jefe aquel año. Tampoco le dio tiempo a leer más, porque en ese momento la escena dantesca quedó interrumpida por otra igualmente dantesca y surrealista con la entrada de dos enfermeros que parecían salidos de una cárcel de película y una camilla de metal sin sábana. La secretaria, antes de que pusieran el cuerpo del jefe sobre aquel hierro, corrió a su despacho y trajo una mantita que ella utilizaba como chal en invierno.

Los enfermeros trasladaron el cuerpo del presidente hasta el ascensor y, como era imposible bajarlo tumbado, lo sujetaron por la axilas como si fuera un pelele, y una vez en el hall de entrada lo volvieron a tumbar, lo metieron en la ambulancia y se lo llevaron. La secretaria se fue con ellos.

Cuando el vicepresidente se quedó solo en el despacho del jefe, cerró la puerta y se puso a hurgar entre los papeles para ver si encontraba indicios de locura. Nada más abrir el cajón, se encontró todo un arsenal de pruebas: prótesis dentales, una caja de preservativos cuya fecha de caducidad databa de seis años atrás, una cajita de metal con agujas y jeringuillas dentro y un látigo de cuero negro. Cerró rápidamente el cajón y salió de aquel despacho, cerrándolo por fuera con una llave que sólo poseían en la oficina él, la secretaria y el loco que acababan de llevarse en la ambulancia.

Muy ufano se dirigió al suyo propio, que a esas horas estaba vacío porque su amiga hacía poco rato que se había marchado, y sacó un papel y escribió la dimisión del presidente. A continuación redactó su toma de posesión. Releyó ambas para darle su última aprobación, y cuando estuvo seguro de ellas telefoneó a su primo y le contó lo sucedido, exagerando los hechos, diciendo que aquel loco había tratado de agredirles a él y a la secretaria con un abre cartas, blandiéndolo en el aire, amenazándolos de muerte, subido en un sillón, con un pie sobre la mesa, igual que un pirata.

—Haz lo que se te ocurra, primo, pero no le des el alta.

Su primo hizo lo que se le ordenaba y mandó que recluyeran al enfermo en una habitación aislada, especial para casos de locura sin remedio.

Al día siguiente convocó al consejo y contó lo sucedido, rogándoles a todos la máxima discreción, pues de lo contrario se vería obligado a tomar medidas contra quien osara romper el secreto que allí se había jurado guardar. Ante el nuevo presidente, todos mostraron sumisión y manifestaron su apoyo incondicional a la nueva jefatura de la empresa.

La primera persona que sufrió el batacazo en la empresa fue la secretaria del presidente loco, que fue relegada de su cargo. Siguiendo la norma, le fueron concedidos quince días hasta la fecha de su salida de la empresa, pero antes de que se cumplieran la secretaria se tomó la revancha y, al día siguiente de comunicársele el despido, llenó de Evacuol el café del nuevo presidente, provocando unas diarreas intensísimas y nuevo aviso a la ambulancia.

Gracias a la secretaria, el verdadero presidente recuperó su puesto y el vicepresidente fue echado a patadas.

EL MISTERIO DE LA CASA ENCANTADA

lice Publicidad consiguió tales beneficios aquel
año, que en la fiesta anual de Navidad se pudo
permitir el lujo de celebrarla por todo lo alto. Si
en años anteriores estas fiestas habían consistido tan
sólo en una cena o a lo máximo en cena y después copa
en una discoteca, para ese año el Comité de Festejos disponía de un elevado presupuesto. Se barajaron varias al-
ternativas a la cena y finalmente fue por todos aplaudida
con entusiasmo la siguiente idea: viaje de un día completo, viernes, en tren de alquiler hasta Cuenca, con almuerzo en un restaurante acondicionado para ellos en
una de las casas colgantes, y regreso a Madrid en tren.
Un tren además de época, con bar, salón de baile y orquesta. Y como la ocasión no se presentaba más propicia, irían todos disfrazados. Desde el día en que se anun-
ció, el personal de la agencia se volcó en prepararse lo
mejor que pudo; según el bolsillo y la imaginación de
cada cual, se confeccionaron los trajes en casa o bien se
consiguieron en tiendas de alquiler de disfraces o se pidieron prestados.

Dos días antes de la fecha, los organizadores de la fiesta pasaron a todos una circular convocándolos en la estación de Chamartín el viernes a las once de la mañana y
dando cuenta de que el viaje duraría aproximadamente
unas diez horas.

El día de la fiesta la mayoría llegó a las once menos cuarto. El jefe de personal gastó una broma sobre la puntualidad para ese evento y algunos empleados le contestaron que lo que debía hacer en la oficina era retrasar el horario de entrada, comentario que fue aplaudido por cuantos alcanzaron a oírlo.

El aspecto era de lo más variopinto. Había un *sheriff* del Oeste, un llanero solitario, un payaso, un mendigo, un soldado encopetado, un mosquetero, dos condes Dráculas, un Napoleón, un alquimista, un pintor Velázquez, un cura, un Humphrey Bogart, un jefe de apaches, tres vaqueros y cinco maricas, más Lady Godiva, Madame Butterfly, Lucrecia Borgia, María Estuardo y cinco princesas o duquesas de distintas épocas. Muchos iban irreconocibles por la cantidad de maquillaje que llevaban encima o porque se habían puesto algodón para rellenar donde no había, como en el caso de algunas señoritas.

A las once en punto el director, disfrazado de mosquetero, gritó "viajeros al tren" y todos subieron. Antes de salir aparecieron tres arlequines que llegaban corriendo y saltaron al tren en marcha. Una vez dentro, todos quedaron maravillados con los suelos, los techos, las luces, las ventanas, la madera y más aún con las cortinitas, los sillones, las lámparas, las alfombras y los cuadros. El salón de baile, un primor. El bar, encantador. Y a los servicios no les faltaban detalles. Las "damas" se paseaban con el abanico saludando y dando su aprobación a cada objeto de la decoración, y miraban a los demás tratando de averiguar quién era quién.

Pronto se reconocieron las secretarias y formaron un pequeño grupo: Lady Godiva, Madame Butterfly, Lucrecia Borgia y María Estuardo, que llevaba una cabeza de muñeca en una bolsa para sacarla en una ocasión propicia.

—¡Hola, Napoleón!

—¿Cómo me has reconocido?

—Por la forma de coger el pitillo. Tú eres Ricardo.

—Qué lista eres. Y tú eres... ¿quién eres y de qué vas vestida?

—De Lucrecia Borgia.

—¿Lucrecia Borgia? ¿Quién es ésa?

—Una que se cargaba a sus amantes.

–No me digas más. Tú eres mi secretaria. Como te coja en una esquina te doy un muerdo, te lo aviso. El que avisa no es traidor.

La gente pasaba de un vagón a otro y pronto supieron quiénes eran unos y otros por la marca de cigarrillos, los relojes, los anillos… Solamente los tres arlequines eran los grandes desconocidos. En total debían sumar 35 personas y contando a los arlequines eran 36. Alguien había dicho unos días antes que era muy probable que no pudiera asistir, con lo cual había por lo menos dos personas que no pertenecían a la agencia. El director no le dio importancia al asunto puesto que era muy frecuente que en las fiestas de las agencias de publicidad se presentaran invitados de más, tal vez un cliente o un proveedor de confianza. Y por otro lado, no había la más mínima sospecha de que fuera alguien que se hubiese colado ya que al ir disfrazado habría tenido noticia de la fiesta sólo por alguien de la agencia. Además los arlequines se habían convertido en los animadores del vagón donde estaban los que menos ganas de divertirse tenían a esas horas. Era en el otro vagón, el salón de baile, donde tocaba una orquesta, en el que ya se había formado un gran alboroto. Muchos habían empezado a beber y entre las copas y los sudores varias caras tenían churretes de pintura desde los párpados hasta la barbilla. En el suelo había ya trozos de vestidos, una gola, un tacón de zapato, lazos de terciopelo para el pelo, peinetas y muchas serpentinas.

Una de las que iban disfrazadas de dama, duquesa o princesa, que vestía un precioso traje verde de alquiler que recordaba el de las grandes superproducciones americanas, comentó un poco molesta lo rápido que habían empezado a beber:

–Después de comer van a quedarse fritos.

El vaquero del antifaz le dijo algo al oído y se levantaron y se fueron al bar.

–Con esto puedes aguantar todo el día.

–Es que no me atrevo aquí, delante de todos. Con mis amigos sí, pero con gente del trabajo no.

–No se enteran. Piensa que se creerán que estás haciendo tu papel. ¿Qué hacían antiguamente las señoras? Empolvarse la nariz, ¿no? Pues a empolvártela, toma…– y le entregó un sobrecito blanco.

En la fiesta no faltó el grupo de cantantes que empezaron por el "ahora-que-vamos-despacio" y siguieron con canciones un poco subidas de tono que hacían enrojecer a más de uno y una.

Antes de la hora de comer se habían abierto varias botellas de vino y se habían dispuesto platos con aperitivos, frutos secos, queso y jamón. Cuando llegaron a Cuenca no quedaba nada. Sólo migas por todas partes.

En la estación les esperaban unos cámaras de la televisión local que habían sido avisados previamente para rodar la llegada del tren y de sus excéntricos viajeros. Había también muchos curiosos deseosos de ver el acontecimiento.

Cuando descendieron, uno o dos se dirigieron a las cámaras para decir unas palabras y a continuación se reunieron con el resto del grupo que esperaba en el autobús contratado para llevarlos hasta el restaurante.

—¿Da tiempo a ver el museo?

—¿Qué museo? No, no, nada de perderos por la ciudad. Ahora vamos al restaurante y si luego da tiempo a dar una vuelta lo hacemos. Nos están esperando…

—Bueno, bueno.

En el restaurante, situado en una de las casas colgantes, había un saloncito reservado para el grupo, cuyas ventanas daban al río. Las mesas habían sido colocadas en forma de U y cuando llegaron los comensales hubo peleas por no sentarse junto a ciertos compañeros del departamento de contabilidad, que quedaron relegados a los dos extremos.

Los camareros no tardaron en servir las bebidas y el primer plato. Salmón ahumado de primero y carne asada de segundo. Comieron con gran placer y devoraron hasta la última miga. Antes de que les sirvieran el champán y el postre, el director se puso en pie.

—Bueno— dijo, —antes que nada quiero agradeceros a todos por estar aquí reunidos y disculpar a las personas que no hayan podido venir. Pero… aquí falta alguien, ¿no?

El jefe de personal se puso en pie y echó una ojeada. Faltaban los tres arlequines.

—¿Aquí quién es el encargado de contar los que somos?

—Los del comité— contestó un conde Drácula.

—Ya somos mayorcitos, ¿no? Se habrán perdido por ahí. Ya aparecerán.

–Que hable don Ramón, que hable don Ramón.

El director reanudó su discurso.

–Como os decía… ya sabéis que este año hemos ganado seis nuevas cuentas y vamos a facturar el próximo año de dos mil quinientos a tres mil millones. Y como todos habéis colaborado, especialmente el departamento creativo, y no olvidemos la gran labor de los ejecutivos, quiero felicitaros a todos, porque sin ninguno de vosotros habría sido imposible lograr lo que hemos conseguido.

Los aplausos interrumpieron la charla y el director hizo una señal con la mano para que lo dejaran hablar.

–Y para celebrarlo…– calló unos segundos para despertar más interés si cabe, –vamos a regalarnos una paga extra de beneficios lineal que cobraréis a fin de mes.

Los aplausos y los gritos, acompañados de patadas en el suelo de emoción, se sintieron a más de doscientos metros.

–Chin chin… ¡por Alice!

Los camareros, por indicación del jefe de contabilidad, sirvieron más champán y trajeron los postres. Mientras tanto, el director continuó hablando sobre cómo pensaban planificar el trabajo del primer semestre del nuevo año, pero ya no lo oían por la alegría que había despertado la noticia de la paga extraordinaria. Cuando llegaron los cafés, estaban todos borrachos y comenzó entonces a volar por los aires de todo: servilletas, migas de pan mojadas en champán, agua, vino, merengues, cucharillas, terrones de azúcar que sonaban en las cabezas y en los cristales de vasos y ventanas.

Al cabo, alguien se levantó y se puso a bailar encima de los platos. Los camareros hacía rato que se habían retirado, dejando más botellas de champán y licores sobre las mesas y en cubos con hielo.

–Yo me voy a empolvar la nariz– dijo la dama del vestido verde.

Y haciendo eses se fue hasta los servicios y se encontró con que la puerta estaba cerrada. Probó la puerta de salida y comprobó que también estaba cerrada.

–Menuda llevo– se dijo.

El llanero solitario se fue tras ella para compartir el sobrecito con polvos blancos y al llegar a la puerta trató de abrirla empujándola con el hombro.

–Me cago en la puta, ¡nos han encerrado!– gritó, pero nadie le hizo caso.

Alguien del grupo propuso jugar al látigo y todos se pusieron de pie como pudieron. Empezaron a correr entre las mesas y las sillas y al poco rato sintieron crujir las maderas debajo mismo de las plantas de sus pies.

–Estos edificios antiguos…– dijo el que iba de cura.

–Tú sabes de arquitectura por tu padre, ¿no?– preguntó uno de los maricas.

–Y que uno tiene cierta clase.

Un golpe seco seguido de una inclinación del suelo hizo desplazarse mesas, sillas y personas hasta las ventanas.

–Que esto se cae.

–Anda ya, tú si que te caes pero de la berza que llevas.

–¡Ahí va, el río!

–¿El Amazonas?– preguntó el jefe de los apaches, tambaleándose.

–El Tajo, mamón– respondió un vaquero.

Un nuevo crujido y el grupo tuvo frente a sí la vista de la cuenca del río.

–Echarse todos para atrás que esto se hunde. Todos al suelo y despacito hasta la puerta, ¿me habéis oído?

A más de uno se le fue la borrachera ante lo que acababa de ver. Primero sintieron cómo el estómago se les subía a la garganta y luego cómo se les bajaba a los pies.

Despacito, se agacharon y fueron empujándose y arrastrando hasta el lado de la puerta opuesto a las ventanas.

–No es posible, no es posible– lloraba la secretaria vestida de María Estuardo, que por entonces ya se había quitado la peluca y había perdido la cabeza decapitada de muñeca.

–No ponerse histéricos, no ponerse histéricos– repitió gritando Napoleón, que parecía ser el más cuerdo.

De uno en uno fueron formando una cadena y llegando hasta la puerta, pero el piso, lejos de ceder, parecía inclinarse más todavía. Desde donde estaban podían ver los árboles que hay junto al río y a un pastor con sus ovejas.

–Llámalo y dile que avise a alguien.

–Como que te va a oír.

Intentaron abrir la puerta en vano con los hombros.

Madame Butterfly, que no había soltado la copa de champán de la mano, estiró el brazo con el fin de dejarla sobre un mueble, con tal mala suerte que perdió el equilibrio y salió resbalando hasta la ventana, rompiendo los cristales y desapareciendo.

La histeria comenzó por las mujeres y los hombres más sensibles. No había nadie que fuera capaz de calmar los nervios. Se agarraron unos a otros y permanecieron muy juntos contemplando el cristal roto. Un soplo de aire frío les dio una bofetada en la cara e hizo crujir el suelo.

—Esto es mentira, dime que es mentira— balbuceaba don Ramón a los que tenía a su lado. Y como capitán de barco que se hunde, se armó de valor y se separó del grupo para colocarse frente a ellos y poner un poco de orden. Pero el agujero de la ventana se lo tragó, seguido del jefe de personal que acudió en su ayuda.

—Nos hemos quedado sin jefe— sentenció Bogart. —Ahora, si me hacéis caso, vamos a salir de aquí. Dale a ese interruptor que tienes a tu lado— dijo, dirigiéndose a un marica.

—No, no, que me caigo si no me sujetáis.

—Imbécil, haz lo que te he dicho— insistió Humphrey, y dando dos brazadas de *crawl* llegó hasta él y lo agarró por el cuello. —¿Qué te he dicho que hagas, cerdo?

El marica alargó el brazo y tocó, rozando apenas, el interruptor.

—¡Ay!— gritó lloriqueando. —Esto da calambre.

—Que le des al interruptor— aulló Humphrey.

Antes de perder el control, Bogart se hizo paso a codazos y avanzó arañando cuerpos hasta llegar adonde estaba el marica temblando, le agarró una mano y se la colocó con fuerza en el interruptor, momento en que se sintió una descarga eléctrica y ambos, Bogart y el marica, quedaron reducidos a figuras negras retorcidas.

María Estuardo, que permanecía cerca contemplando atónita la escena, se desasió para taparse la boca con las dos manos y aguantar el vómito y salió despedida hacia la ventana, con tan mala fortuna que su gargantilla se enganchó, quedando el cuerpo fuera y la cabeza dentro. Con cara de espanto, los miraba a todos con los ojos muy abiertos. No decía nada, sólo miraba.

—Que alguien la ayude a entrar. Vamos a hacer una cadena para salvarla.

Arrastrándose otra vez por el suelo, fueron llegando unos pocos hasta tocar la cabeza.

—No tiene cuerpo.

Con el susto, alguien de la cadena se soltó y salieron despedidas por el agujero nueve personas más, una de las cuales arrastró con la hebilla del cinturón la cabeza de María Estuardo, que desapareció también en la caída. Al disminuir el peso, el piso se levantó unos grados hasta acercarse a la horizontal. Los que quedaban se soltaron y cuando comprobaron que el suelo no se movía, se acercaron a una de las ventanas y se asomaron. Abajo todo seguía como antes: el pastor y sus ovejas descansaban junto al río y no se veía por ningún lado señales de violencia. Se preguntaron qué habría sido de los que cayeron.

—Se los habrá llevado la corriente.

Por fin oyeron voces detrás de la puerta:

—Tranquilos, que ya estamos aquí para sacarles.

Se oyeron llaves y golpes de martillo y los del comedor aguardaron con impaciencia. En pocos minutos se abrieron las puertas y aparecieron los tres arlequines.

—¡Hala!, todos fuera, que aquí no ha pasado nada. Nos vamos a Madrid.

Sin decir una palabra, sin hacer preguntas, los que quedaban fueron saliendo y no respiraron tranquilos hasta que no abandonaron el restaurante y pisaron la calle. Como mansos corderos siguieron a sus salvadores, que los condujeron hasta el autocar, que los llevó a la estación.

Un arlequín sacó unos vasitos de plástico y un termo grande y fue repartiendo leche caliente a todos.

—Cuando subamos al tren estaréis restablecidos del susto.

Ninguno se atrevía a formular preguntas y siguieron al pie de la letra las instrucciones de los arlequines. Llegaron a la estación y se dirigieron al tren.

Todo estaba como lo vieron al principio. Limpio, sin un papel en el suelo, y con tres tronos dispuestos para los arlequines.

La gente se sentó donde pudo y aguardó a que les dieran explicaciones.

–Nos vamos a Madrid y mañana descansáis, que es sábado. El lunes quiero veros a todos en la agencia. Que a nadie se le ocurra avisar a la Policía. Aquí no ha pasado nada, repito, aquí nadie ha visto nada. Alice ya no existe. Todo va a ser como antes, pero el nombre de la agencia va a ser otro. La nueva agencia se llama Casa Encantada. He aquí vuestro nuevo comité de dirección.

Y los tres arlequines se pusieron en pie. La orquesta hizo sonar un himno.

–Estamos encantados– dijeron los que contemplaban la escena.

–Eso es, encantados.

–Sí, encantados.

Se oyó el silbato del jefe de la estación y el tren salió hacia Madrid a las seis en punto, como estaba previsto.

EL AZABACHE AZUL

De espaldas a la puerta de su despacho para no ser visto, Matías estaba haciendo uso del hilo dental para sacarse unos restos de solomillo. Uno de los trozos salió despedido y fue a dar al tablero que había colgado en la pared. El pedazo hizo blanco en una casilla, lo cual hizo pensar que a veces estas coincidencias son presagio de algo, en este caso algo bueno que pudiera servirle para sacar a buen término, por ejemplo, un negocio.

Casi en el mismo instante en que acertaba diana se abrió la puerta y en el umbral apareció la cabeza de su inmediato superior, redonda y sonrosada.

—Mati, cuando puedas, reúnete conmigo en mi despacho.

Matías le hizo un gesto afirmativo con la cabeza mientras dejaba con disimulo el hilo en el cenicero. Su jefe, Antonio, no se dio cuenta de la maniobra y salió con la cara fresca, dejando un aliento a dentífrico.

Ñic, ñiiiiiic... por fin salió el trozo más incómodo. Podía ya trabajar tranquilo, sin retorcer la lengua para sacar aquello tan incómodo que se quedaba aprisionado entre los dientes, y guardó la caja de hilo dental en un cajón de su mesa.

Se levantó y fue hasta el tablero para limpiarlo, guardó su cajetilla de tabaco en el bolsillo y salió de su despacho en dirección al de Antonio.

Cuando entró y estuvo frente a él, se dio cuenta, una vez más, de su superioridad.

Para empezar, le ganaba en físico, tenía más corbatas, más chaquetas y se echaba sin miedo colonia de la buena. ¿Christian Dior, Loewe, Armani o alguna otra marca que se le escapaba? ¿Y el cepillo de dientes, dónde lo escondía el jefe? A él, Matías, seguro que acabaría perdiéndosele entre las carpetas de los clientes y llenando de dentífrico más de un documento. No, tenía que seguir con el hilo dental en el bolsillo, muy cerca del peine.

—Mati— le dijo Antonio acercando su cara y echándole el fresco aliento a dentífrico de marca, por lo menos Dunhill, —los tenemos en un puño. Podemos sacar veinte millones de beneficio si lo hacemos bien. Presta atención, que la cosa es fácil. Vamos a hacerlo entre los dos. Mira en tu tablero y dime qué cifras tenemos en abril-mayo.

Matías recordó que el perdigonazo de solomillo había dado exactamente en la casilla del mes de mayo, junto a unas cifras anotadas con rotulador negro y otra, más borrosa, a lápiz. Tuvo un presentimiento y salió muy excitado del despacho para ir a ver aquel número.

La diosa Fortuna, que aquella mañana se había levantado tarde después de una noche inolvidable con el fascinante Dionisio, se asomó al balcón adonde fue a desperezarse y entrevió a Matías camino de su despacho. Normalmente desde su balcón gozaba de mejores vistas, pero aquella aparición debía estar causada por la resaca. Enarcó las cejas en un movimiento gimnástico y abrió mucho los ojos para asegurarse de que lo que veía era real y no bizqueaba. Le apenó ver el aspecto de aquel joven, con aquella camisa azul, de puños y cuello muy rozados, los zapatos limpios aunque más que reviejos, las uñas mordidas por los nervios, y se dijo para sí: "Hoy me voy a permitir una locura, una pequeñísima locura…"

Y Matías vio en la casilla del tablero el número mágico escrito a lápiz y volvió con mucha prisa al despacho de su jefe para mostrárselo escrito en una cuartilla.

Antonio levantó los ojos, hizo primero unos cálculos mirando al aire, luego sacó una carpeta de cuero, la abrió y en un papel anotó la cantidad que le había traído Matías apuntada.

–Mati, lo conseguimos, lo conseguimos. Mira, ya está: ahora tenemos que hacer esto…– y se inclinó sobre el papel para trabajar, de forma que pudieran ver bien los dos, y al cabo de quince minutos exactos de reloj suizo, el cálculo estaba hecho.

–Sólo una llamada y cerramos el asunto.

Unos golpecitos en la puerta hicieron a Fortuna volverse para ver quién era. Por el ritmo reconoció los pasos de Dionisio, que apareció en el umbral sosteniendo una bandeja de plata con una jarra y dos copas de plata y oro, y una fuente de cristal llena de fruta.

–¿Te cuento lo que acabo de hacer?

–Sí, pero en la cama.

Y fueron los dos a echarse sobre el lecho divino. Dionisio llenó las copas de aquella jarra de plata y oro, mientras Fortuna sacaba de la fuente un racimo de uvas. Tomó una entre sus dedos y jugó con ella hasta acercarla a los labios de Dionisio, y así con la segunda uva y con la tercera, hasta que éste le apartó la mano y le entregó la copa.

–Bebe– le ordenó.

Y ella bebió.

Entonces, sintió de nuevo el fuego divino de aquel cáliz y sus mejillas se ruborizaron.

–Cuéntame qué has hecho, mi diosa. ¿O es que has cometido alguna locura y le has dado la suerte a alguien que no la merece?

Ella asintió con la cabeza, cerrando los ojos.

–Bueno, un día es un día. Pero lo que no puedo tolerar es que, encima, sea abstemio.

–Oh, no– dijo Fortuna, dejando la copa de plata y oro sobre un trozo de columna de mármol de color rosa.

–Esto lo vamos a celebrar por todo lo alto– le dijo Antonio a Matías, pasándole el brazo por la espalda.

–Sí, por lo menos tenemos que vaciar una bodega–
contestó Matías, ebrio de felicidad.

Cuando salieron del despacho había caído la tarde y se
empezaban a encender las primera luces. Todavía les quedaba la noche por delante, se sentían más jóvenes que
nunca y lo mejor de todo: se habían vuelto ricos de la noche a la mañana.

Fortuna se retiró del balcón y respiró tranquila. Se sintió
feliz de saber que gracias a ella, y sobre todo a haber pasado una noche en los brazos de Dionisio, a aquella inusitada pareja le aguardaba un futuro muy afortunado.

FIN

–*¿Y por qué se titula* El azabache azul?
  –*Porque Matías había tenido una discusión la noche anterior en un bar con una chica a la que apenas conocía, y se
había empeñado en que ella tenía los ojos color azul azabache. Y como la chica se había empeñado en que el azabache
es negro, y el otro erre que erre que no, que es azul, pues ella
terminó diciéndole que si era así de cabezota y de bestia, la
vida le iba a hacer pasar muy malos tragos. Pero a Matías
esto le importó un comino, y dándose media vuelta se puso a
hablar con otra, que llevaba una falda azul y que le sonrió
cuando él le dijo que la sentaba muy bien el azul azabache,
ya que era daltónica.*

VERDES PRADOS

A Estíbaliz la abandonó su novio y se hallaba tan decaída y vacía, con los ojos posados en el infinito que, con su tez pálida y su andar parsimonioso, se había transformado en una figura lánguida, efímera. No caminaba, sino que su andar era un leve roce, un crujido; no hablaba y su voz no era otra cosa que un suspiro.

Estíbaliz suspiraba pues el novio se había ido con otra sin haberle dado una explicación. Mucho antes, al inicio de aquel fatal noviazgo, ella había soñado incontables veces con la boda: un día soleado de junio, en una ceremonia cálida e inolvidable con familiares y amigos. Pero Corín, la vieja mujer que leyó su futuro en una bola de cristal, se había confundido con la neblina gris que empañó la bola y prometió un casamiento en el que Estíbaliz erróneamente creyó. Justo el mismo día en que rompían.

Pero pasaron los meses y después los años y Estíbaliz experimentó un cambio en su ser. Tuvo que permutar porque es ley de vida y, tarde o temprano, los seres se reponen de cuantos infiernos se crean en torno a sí.

Estíbaliz no halló a ningún otro hombre, sino que revivía, soñaba con su ex, le llamaba por las noches, susurraba su nombre, se vestía por las mañanas para él, le sonreía como si estuviera frente a ella observándola.

Habían transcurrido apenas cuatro años desde aquella desgraciada historia de amor, un noviazgo que desde el primer instante había prometido un feliz final, cuando un buen día, una tarde de primavera, Estíbaliz abandonó su casa y se fue con las maletas y todos sus enseres en su deportivo *cabriolet* a abrirse camino por esos mundos desconocidos.

A la salida de la ciudad encontró una desviación semi-escondida, protegida por frondosos árboles, y se adentró en ella, guiada por una inexplicable fuerza por la que se sentía atraída, arrastrada.

Hacía calor y, sin embargo, la frescura de las sombras que proyectaban los árboles le devolvían, como si de un gran abanico se tratara, una caricia suave y reconfortante. Circulaba despacio en aquel deportivo suyo, respirando el aroma que desprendían las plantas de la sierra y recibiendo en su cara la brisa del viento serrano.

Entre el ruido de las hojas que movía el viento, el trinar de las aves y el murmullo de los insectos, descubrió, como si fuera un encanto, una figura de un joven que a lo lejos le hacía señas para que se detuviera. Ella hizo como se le ordenaba, frenó y se hizo a un lado en la cuneta. Un torso corpulento y moreno se inclinó sobre el asiento de la derecha.

El hombre llevaba una bolsa de cuero al hombro, que dejó en el suelo, junto a la rueda delantera, como si con aquel gesto quisiese impedir que ella reanudara su marcha. Abrió la boca y pronunció unas palabras que a Estíbaliz le sonaron a una lengua extranjera. Sin embargo, hablaba su idioma, le estaba ofreciendo sus servicios.

Como llevaba todas sus pertenencias consigo, y en su alma la idea de comenzar una nueva vida, creyó que aquel ser encantador podía ser una prueba por la que debía pasar para poder continuar, y pensando que todos sus ahorros estaban dentro de la guantera de su *cabriolet* decidió comenzar a gastarlos y ver qué le depararía lo que viniera después.

El joven la ayudó a descender del deportivo y la llevó del brazo hasta un verde prado cercado por árboles, protegido de la carretera y primaveralmente fresco. Un lugar que parecía sacado de un libro de estampas o de un documental sobre paisajes fantásticos.

Allí se tendieron sobre la hierba y el joven acercó el frágil cuerpo de Estíbaliz y, colocándolo sobre el suyo, cumplió con su palabra haciendo de aquél un momento inolvidable.

Cuando concluyó el largo y amoroso acto, él sacó de su bolsa de cuero un vaso de plata y le ofreció un poco de licor. Después de que Estíbaliz lo bebiera, la ayudó a levantarse y lentamente se acercaron hasta el *cabriolet*. Se despidieron y en el beso del adiós se mezclaron sus sabores con aroma de cerezas salvajes.

Mientras se alejaba, Estíbaliz se iba mordiendo los labios, recordando tan feliz instante, y tan distraída iba que no tardó poco en percatarse de la presencia de otro joven que le hacía señas desde la cuneta como el anterior. Éste llevaba el cuerpo desnudo y su piel brillaba como el cobre por el sol; su melena, rubia como el maíz, le caía en graciosos bucles sobre su ancha frente.

Estíbaliz hizo uso del freno de mano, y cuando el automóvil se detuvo, se apeó de él. Intuía que delante suyo tenía una segunda experiencia, y sin esperar a que él le explicara por qué estaba allí, se adentró en el bosque, delante de él, hasta encontrar otro prado, más bello si cabe que el anterior, donde tenderse. Allá retozaron como dos enamorados entre un mar de violetas salvajes y amapolas, bajo el vuelo de minúsculas mariposas de colores.

Cuando culminó el acto, el joven se levantó y fue hasta el matorral y cortó con sus manos una rosa. Volvió y se la ofreció, y quedóse sentado frente a ella observándola como si fuera un hada del bosque, una primavera de Boticelli.

La tarde llegaba a su ocaso y ella se levantó para volver, pero él no la acompañó hasta el coche y fue a tomar un baño en una cascada cuyo rumor se había dejado sentir durante todo aquel acto igualmente maravilloso que el primero.

En su despedida le dijo que si esa noche y las siguientes no encontraba lugar donde pasar la noche, supiera que él la estaría esperando eternamente y sus brazos guardarían su sueño y la protegerían de las alimañas nocturnas.

Con la rosa en la boca y el vago recuerdo del sabor a licor de cerezas, Estíbaliz reanudó su marcha por un camino cada vez más oscuro. Encendió las luces para poder ver mejor y no habrían transcurrido más de veinte minutos, cuando divisó a través de los faros a otro joven que agitaba los brazos a lo lejos en ademán de que se detuviera.

45

Estíbaliz aceleró y cuando estuvo a su lado detuvo el *cabriolet*, apagó las luces y se apeó de un salto. Había recobrado una vitalidad perdida hacía tanto tiempo que ella misma se vio sorprendida ante esta hazaña. Sentía el calor del sol en sus hombros y un ligero dolor en el cuerpo por los abrazos efusivos de los dos jóvenes anteriores. Y allí mismo, en la cuneta, sobre la gravilla del suelo, se abalanzó sobre él con una fuerza desconocida en ella, y lo hizo varias veces suyo. Él quedó tan encantado que quiso repetir y cambiaron varias veces de posición hasta que ambos quedaron exhaustos.

Cuando Estíbaliz abrió los ojos, vio a un joven de cabellos dorados por la luna que acababa de aparecer tras los árboles. Él se incorporó también y al verla tan hermosa, con el pelo alborotado y las mejillas enrojecidas por la pasión, le pidió que fuera su esposa.

Una sonrisa que se dibujó en los labios de Estíbaliz y un movimiento de asentimiento en su cabeza tradujeron sus deseos de ser su esposa. Pero puso una condición y fue la de que él le permitiera tener tan sólo dos amantes. El joven la miró, encantado, y aceptó, porque aquellos dos jóvenes que había visto en la cuneta anteriormente eran sus dos hermanos mayores, los cuales se habían jurado nunca separarse y vivir en armonía.

Y Estíbaliz vivió feliz el resto de sus días, con los hijos que los tres hermanos le fueron haciendo y sin saber nunca quién perteneció a quién.

LENTEJAS ESTOFADAS

La casa estaba en silencio. Apenas llegaban las luces de la calle. Todo estaba según lo había planeado. Ellos debían estar ya durmiendo, soñando, olvidando su traición.

Abrí la puerta con mi llave. La cerradura no opuso resistencia. Entré en el gran salón. Oí que alguien respiraba como si durmiera profundamente. Tropecé con algo de cristal y retrocedí. Aguardé unos minutos. El silencio seguía reinando en aquella casa. Por la poca luz que llegaba de la calle pude ver por todas partes restos de comida y bebida. Alguien de la fiesta se debió de quedar dormido en un sofá. Sin dudar me acerqué a él y comprobé que era otro de sus amantes. Con rabia, arranqué una cortina y se la puse alrededor de la garganta. Olía a alcohol y no se daba cuenta de lo que le estaba ocurriendo. Anudé la cortina y tiré de ella. Con todo su peso, se desplomó sobre el suelo rompiendo vasos y copas de cristal, que se quedaron clavadas en sus brazos.

Atravesé la cocina y llegué al dormitorio. Encendí mi linterna. Allí estaban, abrazados, ajenos a todo lo que estaba sucediendo en su propia casa. Abrí el armario y se encendió una luz interior. Dejé la puerta semiabierta para que ellos se pudieran ver en el espejo.

Disparé al techo con mi revólver. Se despertaron y se vieron en el espejo del armario. No podían verme porque estaba escondido detrás. Me contuve unos segundos y salté sobre ellos. Disparé sobre los pies, manos, cabezas. Ellos estaban mudos contemplando la masacre a través de su espejo. Agarré mi cuchillo y los despedacé. Todavía se movían, como las serpientes del laboratorio. No gritaban.

Cuando terminé, ellos tenían sus miradas clavadas en el espejo. Me tiré por la ventana. Antes de caer, me desperté. Desde luego, las lentejas de la señora Müller son muy indigestas. Corrí a beber agua.

TESTIGO INSÓLITO

*Es tan fácil soñar un libro
como difícil es hacerlo.*

Honoré de Balzac

Gracias a mi amistad con el teniente de la Guardia Civil Apolinar Domínguez, pude introducirme como espectador en la investigación del accidente del empresario Juan Novoa. Debo también elogiar la labor del psicoanalista del fallecido, sin cuyo trabajo no hubiera sido posible descubrir las causas de la muerte del empresario.

Como en muchos accidentes de carretera, el BMW de J. Novoa circulaba a gran velocidad y en un adelantamiento se produjo el siniestro. Pero voy a relatar a mi modo cómo sucedieron los hechos, una vez concluidas las pesquisas.

J. Novoa, empresario madrileño de cuarenta y nueve años, llevaba varios meses en manos de un prestigioso psicoanalista en cuyas manos se había puesto para combatir un estrés que parecía irrevocable. Había acudido a su médico de cabecera, que le había recetado algunos calmantes, pero al ver éste que su paciente no sólo no mejoraba, sino que empeoraba, le convenció para que asistiera tres veces por semana a la consulta del psicólogo Samuel Head, de gran renombre dentro de la profesión. Parece ser que al poco tiempo el señor Novoa experimentó cierta mejoría y recobró de nuevo la tranquilidad. Sin embargo, el doctor le recomendó que continuara el tratamiento y, como pasatiempo, le sugirió grabar los pensamientos que se le venían en mente. En uno de los cajones de la mesa del despacho de J. Novoa había muchas cintas grabadas con conversaciones consigo mismo, así como en su domicilio y en su automóvil.

Posiblemente por el propio carácter novelesco que he dado a mi escrito, pueda parecer no creíble lo que le sucedió a J. Novoa, pero voy a transcribir lo que pude oír de la cinta que había en su coche. Notas, claro está, que tomé casi al vuelo, por no estarme permitida mi presencia en aquel despacho de la policía. Digo por tanto, y me remonto al principio, que debo el favor a mi amigo el teniente Apolinar Domínguez.

Novoa conducía, como he dicho, a gran velocidad, y tenía la grabadora en marcha. Entre canción y canción, expresaba frases, algunas con sentido, otras sin ninguna conexión con lo dicho o pensado anteriormente, hasta que su voz se hizo hueca y comenzó a hablar de su temor a la muerte, lo que iba a dejar en la Tierra, su empresa, sus casas, sus pertenencias, su familia, los amigos, sus amigas… Decía que había un lado tierno de ver la muerte como un descanso, un dar fin a cuantas cosas se le habían venido encima en los últimos tiempos, las tempestades de su conciencia, el repaso a lo más importante de su vida, a lo lamentable, a tantas cosas que parecía imposible describirlas o, mejor dicho, definirlas en tan poco tiempo. Hablaba con la misma prisa con que pisaba el acelerador.

De pronto, se cruzó con un "dos caballos" en cuyo interior viajaba una vieja bruja con una guadaña que sobresalía del coche. Cuando pasó a su lado se dio cuenta de quién tenía a tan escasos metros, pero al ver que se dirigía en sentido contrario, respiró tranquilo y dio unos suspiros tan grandes que en la grabación parecían ronquidos. Después dijo que había pasado rozándola y la había visto, pero lo que vino después fue tan rápido que no tuvo tiempo de reaccionar. Por el espejo retrovisor vio que el "dos caballos" frenaba derrapando en la carretera y levantando una polvareda y se acercaba por detrás suyo a gran velocidad.

J. Novoa puso su intermitente y se salió del carril para adelantar a un camión muy largo. El "dos caballos" parecía tener una potencia sublime, porque a los dos segundos estaba pegado a él. Una vez pasado el camión, giró hacia su derecha con un movimiento brusco de volante, pero la carretera estaba en obras, existía una desviación y él se precipitó en el vacío.

Su coche no se incendió, de lo contrario hubiera sido imposible rescatar la cinta, pero estaba en un estado como si lo hubiera triturado un tanque. Con el impacto del golpe, el cuerpo de J. Novoa salió despedido y rodó varios metros por una pendiente hasta caer junto a una presa.

Del resto no voy a hablar, porque caería en la rutina de investigación del accidente y en otros datos que parecerían morbosos. Sólo quería hacer hincapié en la grabación, que ha permanecido oculta en la investigación y que a mí me parece de lo más reveladora.

LA RESIDENCIA DE HUÉSPEDES

C uentan que hubo una vez un viejo científico que vivía en una pequeña habitación de la calle Romanones. La dueña de la vieja residencia era una mujer de edad indefinida que recibía huéspedes por semanas, meses o años. Los alquileres que cobraba eran de lo más dispares. Había quien pagaba unos duros y otros que pagaban cientos de pesetas.

Un día el viejo descubrió a la que creía buena mujer, llevándole el desayuno a un joven huésped. Desde entonces, las primeras horas de la mañana fueron excitantes para el pobre viejo. Porque la mujer dejaba las bandejas con los desayunos sobre la mesa y empezaba a desnudarse y a bailar. Daba saltos por toda la habitación, levantaba los brazos y movía la cabeza hacia todos los lados.

Pero los huéspedes no se enteraban porque todavía dormían. Cuando ella notaba que se empezaban a despertar al oír sus saltos, se vestía apresuradamente, les dejaba la bandeja en la misma cama y salía de la habitación.

El viejo entonces decidió pedir el desayuno también en su cama y aguardó con un ojo abierto. La mujer entró, dejó la bandeja sobre la silla, y, como era habitual, comenzó por soltarse la melena. Pero se dio cuenta de que el viejo no dormía y le propinó una patada en la nariz. Y como ella ya venía dispuesta para el baile, la patada se la dio lentamente, a ritmo de bailoteo, con lo cual el viejo pudo ver todo lo que se escondía debajo de aquellas faldas oscuras. Se levantó precipitadamente de la cama, agarró por la cintura a la mujer, la inclinó hacia atrás, dieron vueltas y cuando el viejo empezó a desfallecer, ella se soltó de su brazo, lo agarró por las piernas, lo empujó hacia la ventana y lo arrojó al vacío, con tan mala fortuna que sus faldas se engancharon y salió también despedida.

Dicen los psicólogos de la época que el momento erótico que vivió el viejo no se ha dado nunca en un ser humano. No sólo sorprendió a psicólogos sino a los mismos médicos forenses. Hoy forma parte de uno de los capítulos de la Psicología.

EL PUENTE

Estaba con un pie a punto de dar el salto y tirarse del puente, cuando acertó a pasar por allí otro hombre tan carente de esperanza como él, que le dijo:

—Si te matas, no te creas que vas a solucionar tu problema. Allá arriba— y señaló el cielo, muy seguro de lo que decía, —las cosas son igual o peor que aquí.

El presunto suicida se echó para atrás muy interesado por lo que le decía aquel hombre vestido de harapos y le pidió un cigarrillo y conversación.

—O sea, que si soy pobre aquí, ¿allí no seré rico?— preguntó, abatido.

—No, allí es lo mismo que aquí, sólo que allí ya no hay vuelta de hoja. Las cosas las tienes que demostrar aquí abajo.

—Pues vaya puro, menos mal que me has avisado.

Y se fueron los dos a una cantina donde le fiaban al de los harapos y se emborracharon con unas cuantas copas.

Cuando cerraron el bar, los dos salieron haciendo eses, agarrados del brazo y con una botella en el bolsillo que el presunto suicida había logrado distraer al encargado del bar.

—Menuda moña nos vamos a coger esta noche. Qué bueno que te encontré.

Y dieron unos tragos largos antes de emprender la caminata hacia el puente, esta vez debajo, donde pensaban pasar la noche; pero cuando iban a cruzar la calle, un autobús que al parecer se había quedado sin frenos, se llevó a los dos amigos al otro mundo.

ÚLTIMAS HORAS CON PUMBY

Hice por el pequeño Pumby lo mínimo que estaba en mis manos para hacer menos dolorosos los últimos momentos del animal que me había acompañado durante catorce años de mi vida. El gato ya no podía ni con su alma y el veterinario lo había mirado por rayos X varias veces, hasta yo mismo pude comprobar el tamaño del corazoncito del que se me iba para siempre: era tan grande, que parecía se le iba a escapar de las costillas. Estaba tan pachucho, que le costaba caminar, pasaba demasiadas horas sin ponerse de pie y yo me tumbaba a su lado, mi cuerpo junto al suyo, y le acariciaba el cuello, el lomo, las patas, dejando escapar besos que iban a dar a su cabeza, justo entre sus lindas orejas. Por las noches, el animal se quejaba, hacía un ruido como si fuera un ronroneo, pero no ronroneaba sino que se lamentaba. Casi no me miraba ya, siempre de espaldas en lugares donde yo pudiera alcanzarlo con la vista. Algunas veces nuestras miradas se cruzaban y podía adivinar la tristeza en sus ojos al saber, porque él lo intuía, que se estaba despidiendo de mí para siempre. Parecía como si me quisiera pedir perdón, que lo perdonara por no ser el animal saltarín y alegre de antes, de pelo brillante y figura sólida, sino un pobre enfermo sin posibilidad de cura pues los veterinarios habían anunciado que era imposible operarlo.

El día que tomé la decisión de llevar a Pumby a que le pusieran la inyección final lloré tanto, que tuvieron que ayudarme a ponerme de pie cuando lo dejé por última vez sobre la mesa del veterinario. Lo último que vi fue su cabecita, parecía como si intentara volverse para mirarme una vez más, pero me di media vuelta y salí de aquella sala donde tantas veces lo había dejado, con la intención de que no se diera cuenta de que se iba a marchar definitivamente.

Afuera me esperaba algo tan triste como rellenar unas hojas que me extendió el veterinario, que a duras penas pude leer. Eran documentos que precisaban de mi firma para la autorización, pero no pude leer nada porque no podía ver con tantas lágrimas en los ojos.

—Váyase, que yo me ocupo de él y no se preocupe, que no sufrirá– fueron las últimas palabras que oí.

Cuando salía por la puerta volví a escuchar sus quejidos, lastimeros, los últimos.

No sé cómo ni cuánto tardé en regresar a casa; cuando por fin me encontré en ella estaba hundido, ahogado en un océano de lágrimas, con la garganta seca y metiendo en una gran bolsa todos sus juguetes, el cepillo, el cojín, su plato de la comida, el cacharro del agua, sus medicinas. Me deshice de todos estos objetos que me unían sentimentalmente a su recuerdo, pero éste fue emergiendo en cada uno de los rincones de la casa donde acostumbraba sorprenderme y recordé con asombrosa, infinita perfección, el tacto de su pelo, el hocico, la boquita, las almohadillas de los pies, su olor, su calor, tan real que aún parece que sigue a mi lado. Pensé que el tiempo me iba a ayudar, pero han pasado tantos días, un mes, dos meses, tres meses, y su recuerdo sigue vivo, me asalta en los momentos en que soy más vulnerable. Cuando esto ocurre, me hundo en un miserable mar de lágrimas.

—Vas a necesitar la compañía de otro animal en casa.

Le he hecho un poco oídos sordos a esta idea que ha rondado por mi cabeza, también sugerida por algún amigo, de hacerme con otro animal, bien sea un pájaro, una tortuga o una ratita de laboratorio. Incluso un perro, podría buscar en perreras municipales y salvar de su condena a muerte a un pobrecillo perro abandonado.

Y dejé pasar un tiempo más, para ver si dejaba de sufrir por su pérdida, cuando un día me armé de valor y fui a ver al veterinario que se ocupó de él. No estaba y en vista de mi repentina urgencia me indicaron cómo podía llegar hasta la casa donde vive.

La casa está en un lugar de las afueras de la ciudad, no muy lejos de la carretera, al borde de un valla que limita con una extensa finca llena de árboles. Al acercarme a llamar a la puerta la encontré abierta; di unos golpecitos y, como no oí a nadie, entré. Atravesé un pasillo sinuoso de paredes encaladas que daba acceso a la cocina, una sala, una biblioteca muy rústica, un dormitorio muy sencillo, con sólo un camastro y una silla a su vera con libros y una lámpara pequeña encima. Después el pasillo bajaba ligeramente en pendiente hasta lo que en otro tiempo fuera un establo. Una puerta enorme y pesada de madera daba a un patio encalado, iluminado por el sol que caía en vertical sin dejar apenas sombra donde guarecerse. Cuando la puerta se cerró a mis espaldas, sentí ese silencio familiar de los que duermen la siesta y noté en el aire que no estaba solo. Caminé hacia mi derecha, por la zona que quedaba en penumbra, y si no llego a mover los pies con toda la prontitud requerida podía haber pisado a un siamés que parecía un muñeco de trapo durmiendo felizmente. Era Pumby, mi gato, mi siamés que yo creía muerto. Tenía un trocito de esparadrapo en una de las patas delanteras, señal de que alguien estaba haciendo todo lo posible por alargarle la vida.

Salí de puntillas para no hacer ruido y despertarlo. Corrí con el corazón encogido, guardando el aliento, sin volverme hasta llegar al lugar donde me esperaba mi coche a la sombra. Abrí la portezuela y me hundí en el asiento. Miré hacia atrás y la casa seguía igual que en el primer momento cuando llegué: apacible, silenciosa, como si perteneciera a otro mundo. Aguardé unos minutos antes de encender el motor para tratar de vencer la fuerza que me aferraba a aquel lugar y me decía vuélvete y recupera tu gato. No quería romper el hechizo.

Al llegar a la carretera general, me confortó saber que Pumby a esas horas soñaba plácidamente y yo había aparecido en su sueño.

HIGADITOS AL JEREZ

Sentada a la mesa de la cocina, cortando cebolla en trozos muy pequeños, Sara lloraba y miraba de vez en vez la carta de despido que había junto a la tabla de madera para picar. Del otro lado de la casa llegaba el llanto de un niño, al cual ella no parecía prestarle mucha atención en aquellos momentos. Un hombre corpulento, de modales bruscos, gritó desde la puerta de la cocina:

–María, ¿es que no vas a hacer algo por tu hijo?

–No me llamo María. Y si llora es porque se comió los bombones que– y aquí recalcó –*tú* le regalaste; así que déjame en paz.

–Pero cómo, aún estás en eso. Yo tengo que salir dentro de quince minutos...

–No te soporto– le interrumpió la mujer, –y tú ocúpate del crío, que yo tengo mucho lío aquí. Y además, me he quedado sin trabajo.

–Y a mí, qué.

Esteban salió, dando un portazo, que hizo que el llanto del niño se oyera más fuerte si cabe. Sara puso la cebolla picada en una fuente y sacó de la nevera unos higaditos de pollo y una botella de jerez. Mientras preparaba una segunda fuente y ponía dentro un puñado de especias, empezó a lamentarse de su relación con Esteban, un hombre casado que la seguía llamando como a su ex esposa. Al coger los higaditos imaginó la muerte de Esteban; los puso en la sartén con aceite, y se alegró de tener estos pensamientos. Tan entretenida estaba, y tan ausente de lo que allí se cocinaba, que al regar con el jerez saltó aceite sobre la carta y encima de las piernas. Con toda la rapidez que pudo, se colocó unos hielos sobre la piel y se sentó en el banco a esperar que se aliviara el escozor.

–Me voy ya– irrumpió el hombre en la puerta –y no me da tiempo a comerme eso– señalando de forma despectiva lo que se veía en la sartén.

Sara no se inmutó y ni siquiera levantó la vista. Siguió ocupada con sus piernas hasta sentir una mejoría, momento en que aprovechó para ponerse de pie y remover un poco en la sartén. Cuando todo estuvo listo, apagó el fuego y llamó a voces a su hijo.

–Papá se ha ido– dijo el niño, desde el umbral de la puerta. –Estaba muy enfadado.

–No importa, cariño– le dijo su madre, –comeremos tú y yo solos y lo que sobre se lo guardaremos para la noche. Pero tú deberías comer sólo arroz; lo otro te va a hacer daño si tienes la tripa malita.

Y así, madre e hijo comieron en la cocina y cuando acabaron Sara recogió las cosas y acostó a su hijo. Se quitó el delantal, lo colgó tras la puerta y salió a la calle. Por el camino pensaba las maneras de deshacerse de aquel hombre tan fiero, que tanto le hacía sufrir, que por muy padre de su hijo que fuera, en el fondo la atormentaba, cuando se topó frente a un joven que la estaba amenazando con una navaja. El tipo temblaba y el metal del arma se movía haciendo destellos pequeños de luz.

–El bolso.

Sara se encogió de hombros y le mostró las manos vacías. El delincuente, al no ver bolso ni monedero, la empujó para hacerla caer, y sentándose sobre su vientre le enseñó el arma.

–¿Sabes lo que es esto? Pues mira lo que voy a hacer contigo si no me das dinero ahora mismo.

Y dicho esto, ante la mirada atónita de Sara, la inmovilizó de un golpe en el pecho. Con la ayuda de la navaja, le hizo un corte en la blusa, poniendo al descubierto sus senos. Sara notó un picor y vio la camisa del joven salpicada de sangre. Éste, al verla, se levantó y maldiciéndola le dio varias patadas en las piernas y en los costados, y huyó asustado al sentir un ruido detrás suyo.

Era un gato que merodeaba por la callejuela. Sara lo llamó y el animal se acercó. Incorporándose a duras penas, se colocó de tal manera que el gato buscó cobijo entre sus piernas, restregándose y buscando las caricias de Sara.

Era un gato blanco y naranja, y Sara, mientras perdía el conocimiento, vio su mano y el lomo del animal manchados de rojo brillante. El gato saltó de su regazo y Sara cayó de espaldas sobre el charco de sangre.

Esteban, en su despacho, se frotaba las manos mientras leía unos papeles que tenía sobre la mesa. Creyó oír el teléfono y descolgó el aparato, pero no había nadie al otro lado. De súbito y como si presintiera algo grave, se levantó, se puso la chaqueta y salió del despacho, atravesando un largo pasillo donde se agrupaban personas de bastante edad.

–Por favor, mañana– gritó Esteban, y se precipitó escaleras abajo, hasta llegar a la calle, no sin antes esquivar a un par de ancianas que se cruzaron en su camino.

La oficina no estaba lejos de la casa y podía ir a pie. Al llegar a la avenida, oyó ruido de sirenas que parecían dirigirse hacia su calle. Mientras se preguntaba qué podía haber ocurrido, aceleró su carrera. Subió al piso y encontró al niño durmiendo. La portera, en cuanto le oyó entrar, fue tras él, cabizbaja, sin decir nada.

–No se preocupe por el niño y no lo vaya a despertar ahora. ¿Lo sabe ya, no?

–¿El qué? ¿Qué tengo que saber?– preguntó Esteban.

–Se la han llevado al hospital. A su señora…

Esteban no pudo oír más. Salió como un rayo y al poco rato estaba esperando afuera del quirófano noticias de Sara. Una enfermera salió por una puerta que Esteban no vio y se le acercó.

–¿Era usted familiar de Sara Guijarro?

–Sí, ¿cómo, qué? ¿Era, era…? ¿Qué ha pasado con mi mujer?

–Señor, siento decirle que su mujer falleció de un paro cardíaco durante la operación.

Esteban no reaccionó hasta el día siguiente, en que fue encontrado en un bar, a la hora del cierre, completamente borracho, tirado en el suelo y gimiendo: María, María…

EL TRAJE DEL ABUELO

Los altos ejecutivos de la Zeemer Brand Co. estaban citados aquella mañana para estudiar los presupuestos del siguiente año. En la reunión iba a estar presente sir Gerald Stubisch, el jefe absoluto de todo el grupo. Para la ocasión, se habían sacado de los armarios los mejores trajes, las camisas más nuevas, las corbatas más *ad hoc*. Cuando el míster entró en la empresa y le fueron presentados aquellos desdichados que se cagaban en los pantalones de miedo por enseñar sus cuentas, este viejo americano que se hacía llamar sir pasó revista a la tropa como si fuera un general. Todos se habían pasado la noche cepillándose el traje, sacando brillo a los zapatos, mientras sus resignadas esposas habían planchado con esmero las camisas, alguna repasó un tomate en un calcetín y otra fue a una vecina rica de un chalé cercano a pedirle prestados unos gemelos.

No te olvides de ponerte desodorante, le había recordado una de aquellas fieles esposas envuelta en bata y con los rulos puestos. Otra había aconsejado al marido que se abstuviera de comer cosas con ajo durante la semana anterior al fatídico día para que no le cantara el aliento o le viniera un flato aromático. ¿Ni siquiera filetes rusos?, preguntó el de Contabilidad. Ni siquiera, respondió tajante la esposa, como si fuera una enfermera.

Braulio Rodríguez se había pasado la noche anterior preguntándose qué me pongo, con qué voy a ir, que el traje tiene unos bordecillos blancos en la sobaquera y si tengo que levantar el brazo me delatará. Pero no podía comprarse un traje deprisa y corriendo, pues era de los que pensaban que el hombre vestido de un color es más elegante y se ponía el mismo todos los días del año. Tenía muchas camisas pero las de color blanco tenían el cuello y los puños rozados y la única pasable era la de cuadros de los domingos, que contrastaba de forma violenta con su corbata de escudos.

El pobre hombre era soltero y vivía con su madre y una tía abuela que hacía las veces de criada cuando la ocasión lo exigía. Las dos mujeres abrieron un armario donde conservaban en naftalina la ropa del abuelo. ¿Por qué no te pones uno de sus trajes, que son muy elegantes y este año vuelven a llevarse? Braulio estuvo durante la cena con la bandeja sobre las rodillas y la vista clavada en el televisor dándole vueltas al modelo para la reunión. En cierta ocasión se había puesto uno de aquellos trajes para ir a una fiesta de disfraces, pero aquello era otra cosa. Esta vez iba en serio. El presidente iba a revisar los números y como había que adornar la reunión y distraerlo un poco para que confundiera los puntos con las comas de las cifras, era necesario mostrar una imagen de un equipo próspero en continua expansión con grandes ideas, nuevos proyectos y un montaje teatral antes de llevarlo a una bodega, emborracharlo y meterlo en el avión de vuelta con el aprobado de los presupuestos. Braulio estaba preocupado con las trampas, pero la diferencia del idioma era una oportunidad para explicarle más tarde, si es que se descubría el embrollo, que todo había sido un malentendido. Porque el hombre aquel no iba a volverse a su país con más papeles bajo el brazo que un estudiante. Por ello habían sido listos y habían tenido a las secretarias sin levantar la cabeza de la máquina escribiendo páginas y más páginas inútiles.

Cuando acabó las natillas, la tía abuela le trajo un colacao calentito y le dejó tumbarse con los pies encima del sillón y ella se fue a la cocina a terminar de ayudar a la madre de Braulio y preparar entre las dos la ropita del nene, que es como aún seguían llamándolo.

Las dos mujeres se emocionaron al sacar la ropa antigua y se pusieron a planchar divertidas. Almidonaron dos camisas blancas, las más grandes que encontraron, pues el nene estaba echando tripita, y cepillaron tres trajes para que tuviera para elegir. Cuando terminaron la faena era más de medianoche y fueron al cuartito de estar y se encontraron a Braulio dormido frente al televisor.

Si no se ha bebido el chocolate, voy a calentárselo, y la mujer se lo llevó a la cocina a meterlo en el microondas.

Braulio se despertó como si surgiera de una pesadilla y se sintió aliviado al ver que todavía estaba en casa arropado por su escasa familia y que el grito del americano sólo había sido un mal sueño. Se incorporó y al ruego de su madre la siguió hasta la habitación de la plancha. Ellas insistieron en que se probara uno de aquellos trajes, pero Braulio no hizo caso de los consejos y se fue a dormir a su cama.

A la mañana siguiente se presentó con el traje azul de su abuelo y la camisa de los domingos. Como no habían encontrado corbata, se puso una pajarita de color mostaza y cuando se vio delante del espejo se dijo sonriendo: estás que pareces un modelo. Y como tal salió a la calle muy orgulloso, caminando para que el aire se llevara el olor a naftalina, viendo cómo se volvía la gente para mirarlo, sabedor de que aparentaba un ejecutivo moderno americano. Además, a ellos les gustan muchos los cuadros. Los pantalones le quedaban un poco largos porque le abrochaban debajo de la barriga, pero no le dio demasiada importancia, pues apenas hacían unas arrugas en la parte inferior, mejor que cortos. Una vez en la oficina, sus compañeros le saludaron y alabaron su buen gusto. Eres capaz de haberte puesto el traje de tu bisabuelo, acertó uno y Braulio asintió con la cabeza y le correspondió con un toque de manos como los que se dan los jugadores de baloncesto que meten canasta. Se metió en su despacho, llenó la mesa de papeles y se puso a esperar a que dieran las once, hora prevista de la llegada del gran jefe. Pero éste apareció pasadas las diez y media y por poco provoca un infarto colectivo. "Sir Stubisch está aquí", dijo una secretaria con el hígado fuera, después de correr de despacho en despacho para avisar a todos. A todos menos a Braulio que no tenía secretaria y siempre le hacían un poco el vacío. Pero aquel día era el más necesario de todos porque era quien mejor hablaba inglés.

Braulio estaba en aquel instante mordiéndose las uñas y tirando con los dientes de un padrastro. Uno de los ejecutivos, Martínez, entró a avisarle, y del susto se hizo sangre Braulio en el dedo. Vaya, me he hecho una herida, y se chupó el dedo. La misma secretaria se asomó en el umbral de la puerta del despacho y dijo: "Que paséis todos, voy a llamar a los otros."

Una vez cerradas las dos puertas de la sala de reuniones, los ejecutivos puestos en pie, unos con las manos enlazadas en la espalda, otro delante, escuchaban con las cabezas muy erguidas las palabras de saludo del presidente y su secretario. No hubieron de pasar diez minutos después de que trajeron los cafés y entraron de lleno en el asunto cuando Braulio, levantando el dedo, pidió permiso para ir al water.

"¿Al water?", se preguntaron los más finos en voz baja. ¿"Cómo es que no ha hecho pis antes de entrar"? "Es que me estoy desangrando", dijo mostrando el dedo enrojecido.

En el lavabo, Braulio metió el dedo bajo el grifo de agua fría y lo retuvo así durante un buen rato para que se le cortara la hemorragia. Un chico de la estafeta que entró en ese momento se sorprendió de ver a un jefe allí dentro, cuando los creía a todos en la sala. Tráeme un esparadrapo, algodón y alcohol del botiquín, que no alcanzo. El chico se subió en una banqueta y le alcanzó lo que pedía. Entre los dos hicieron un vendaje de película y Braulio regresó a la sala con una bola de algodón en el dedo. Sir Stubisch estaba serio y el secretario se retorcía las manos haciendo crujir los huesos. Martínez le indicó que le había llegado el turno de hablar y le largó un puñado de folios.

–Bien, ejem– carraspeó, y pidió perdón a continuación por el incidente. El resto fueron dos horas aburridísimas de un monólogo en inglés que hizo bostezar al americano. Todos pudieron ver las muelas de arriba y la lengua negra de tomar regaliz. Las palabras de Braulio eran acompañadas de expresiones afirmativas del resto de los directivos, que no entendían ni patata pero asentían y levantaban las barbillas para demostrar que todo iba sobre ruedas.

Al cabo de las dos horas, sir Stubisch puso las dos manos sobre la mesa y se levantó ayudado por el secretario, que se colocó detrás para separar el sillón. El presidente guardó unos minutos de silencio, bebió agua, y dijo algo que nadie entendió y que Braulio no alcanzó a oír porque andaba entretenido ordenando los papeles que se le habían ido cayendo sobre la mesa a medida que iba leyendo las interminables cifras, muy hábilmente, para aburrir al americano y que se fuera y no molestara más hasta el año siguiente.

–*Everything's right?*– preguntó a todos. Y al unísono respondieron con un brusco movimiento de cabeza en sentido positivo. Estaba claro que las cosas iban demasiado bien en la casa de América como para andar perdiendo más el tiempo con una pequeña filial que apenas le suponía un 0,8 por 100 de gastos anuales.

El secretario indicó que sir Stubisch deseaba irse al hotel en seguida para almorzar pronto con el presidente del banco. Los ejecutivos se miraron entre sí. Ninguno estaba invitado, lo que por un lado era una suerte, pero en lo más hondo se sintieron ofendidos. ¿A qué altura del betún iba a quedar su orgullo cuando fuera por toda la oficina sabida la noticia de que ninguno gozaba de la confianza del gran jefe americano?

Antes de irse, sir Stubisch y su secretario visitaron la oficina, seguidos por la tropa de ejecutivos rebajados, que no veían el momento de que se fuera y terminara ya aquel mal trago. Cuando le despidieron mostrando sonrisas de oreja a oreja y dientes apretados, volvieron en grupos a sus despachos. "¡No hay derecho, mira que hacernos esto!" "¿Y cómo sabremos si aprueba el presupuesto?", "Dijo que enviaría un fax." "No si yo ya me lo temía." "Tú qué ibas a temer si lo hemos hecho bien. Todo ha sido culpa del maricón ése; claro, tenía la regla y ha tenido que montar un numerito."

Cuando se decían estas palabras, Braulio pasaba por el pasillo y a través del cristal leyó en los labios la irónica frase, y se fue muy disgustado a su despacho a telefonear a su madre y contarle lo ocurrido. Estuvo colgado del auricular más de media hora, contándole lo del dedo, lo bien que había estado en la reunión y los comentarios favorables a su vestimenta, cuando entró Martínez a avisarle que el secretario de sir Stubisch estaba en el otro teléfono.

–Ahora te tengo que dejar, madre. Te llamaré más tarde.

Al otro lado del teléfono estaba el secretario, que con voz dulce le pedía que les hiciera el favor de comer con ellos

83

porque del banco acudían dos personas y ellos necesitaban ser uno más; además podía hacer de intérprete y era el deseo del jefe que él asistiera.

Braulio se levantó de un salto, después de colgar y fue corriendo adonde estaban los demás y se bajó los pantalones y les hizo una pedorreta. Mudos de asombro, de estupor ante tanta ordinariez, se quedaron callados hasta que le vieron irse con el maletín al ascensor.

–No digáis nada, que igual nos lo ponen de jefe y tendremos que tragar con él.

Y Braulio regresó con el nombramiento del nuevo cargo bajo el brazo y varias copas encima. Quiso entrar victorioso, pero no quedaba a esas horas nadie en la oficina, sólo el chico de la estafeta que lo había ayudado a curarse el dedo. El chico era el último en salir y a esas horas estaba detrás de una pila de sobres pegando sellos. Lo llamó a su despacho y estuvo una hora hablando con él. "Tú quieres progresar en esta empresa, ¿verdad, chico? Pues a partir de mañana quiero que te encargues de buscar a alguien que te sustituya y vendrás a trabajar conmigo." "Si no sé nada," dijo el otro asustado. "Es muy fácil, sólo tienes que tener los ojos bien abiertos."

EL RATONCITO PÉREZ

Sentado en un sillón junto a la ventana, frente a una mesa vacía con un triste jarrón sin flores en el centro, mira al cielo azul aturdido, con la esperanza de que aparezca una nube en el horizonte. Está tan solo y triste, aprisionado en su soledad, que no le importa ya que la muerte venga por él y se lo lleve a otro mundo, un mundo más amable en el que encontrarse con personas ya desaparecidas, antepasados tantas veces venerados.

La única compañía que le quedaba era la de un ratón invisible que correteaba en las noches por el entarimado, y al cual dejaba preparado un platito con nueces y frutas frescas.

Vivía solo en el inmueble, cuando, un fatal día, una vecina vino a ocupar la primera planta del edificio. En cuanto ésta se instaló en el piso, el ratón empezó a repartir sus noches entre la vivienda de esta mujer y la del hombre solitario. Hasta que un día este hombre dejó de sentirlo y supo que la malvada vecina había puesto veneno y el ratoncito, su única compañía, había dejado de existir.

EL SIETE DE JULIO

Hacía tiempo que había cumplido los treinta y cinco, pero no se dio cuenta hasta que los hombres dejaron de fijarse en ella. Fermina había vivido una juventud larga y gloriosa en este sentido y estaba demasiado acostumbrada a que todos los ojos se volvieran hacia ella a su paso. Aún conservaba una figura envidiable, pero las huellas del tiempo se habían hundido en su cara, mostrando las curvas de la felicidad y las líneas quebradas de los ratos amargos de su pasado.

Una tarde sacó del armario una caja grande de cartón donde guardaba cartas y fotos de recuerdo y se paralizó al verse con veinte años menos, sonriendo abiertamente, en un gesto casi irreconocible. Después corrió al espejo a imitar aquella sonrisa, pero no fue capaz de igualarla. Sus ojos habían perdido ese brillo de la juventud que acompaña a una cara feliz, y por primera vez los vio tristes, a pesar del maquillaje con que los embellecía cada mañana.

En los últimos días se había indignado por una injusticia cometida con una compañera de trabajo y no sabía de qué manera abordar al jefe y exponerle la situación. Por un lado, se sentía en el deber de ayudar a una persona que estaba siendo injustamente tratada, y por otra parte, no estaba segura de dar un paso y encontrarse con una amonestación por parte del temido jefe o, lo peor, de buscarse un despido por inmiscuirse donde no la llamaban.

Así que se dijo para sus adentros: a partir de hoy, me voy a ocupar solamente de mí. Y sin ir más lejos, bajó a la peluquería a hacerse un corte que le renovara su imagen mustia.

Por el camino de vuelta a casa, se detuvo delante del escaparate de un concesionario de coches de lujo y se fijó en un deportivo rojo no muy grande, que parecía hacerle guiños a través del vidrio. Aunque ya era un poco tarde, la puerta estaba abierta y el empleado, que había observado su expresión, le lanzó una sonrisa, invitándola a entrar. Nunca había pensado en comprarse coche, a pesar de que tenía licencia para conducir, pero aquel hombre era un experto vendedor que supo convencerla de que a cierta edad, viviendo sola, sin ningún familiar a su cargo, tener un deportivo como aquél era un capricho del que no se iba a arrepentir. Tal fue así, que Fermina sacó su talonario y extendió un cheque al portador y se fue a su casa más que contenta.

El coche se lo entregaron diez días después, porque había que hacer varios papeleos y esperar a que lo matricularan, y cuando el coche estuvo en sus manos se lanzó a la aventura, feliz por el cómodo manejo de aquella preciosidad de color rojo, y orgullosa porque se dio cuenta de que todo el mundo se fijaba en su coche. Vaya, pensó, ahora me miran por el coche. Así disimularé las arrugas y las carnes fláccidas.

En la empresa pidió una semana de vacaciones y se fue a la costa a recorrer los lugares que no pisaba desde que tuvo un novio que la llevó de paseo por aquella zona. El éxito fue más grande de lo que podía esperar. Los niños y los jóvenes rodeaban el coche y los mayores lo miraban a cierta distancia. Después, las miradas caían sobre ella.

Se alojó en un hotelito muy barato y aguardó a lo que el destino le tenía preparado. Y no esperó mucho tiempo, porque los moscones, como ella llamaba a los curiosos, que tenían buen olfato, la invitaron a helados y a copas, con el propósito de darse una vuelta en el deportivo rojo. A pesar de que ninguno merecía su aprobación, por medio de uno de estos moscones conoció a un hombre de mediana edad, dueño de la mayor de las discotecas de la costa, que empezó a flirtear con ella. Se llamaba Justino.

El idilio de Fermina y Justino duró muy poco, porque ella tenía que regresar al cabo de la semana a su trabajo, pero él le prometió llamarla y cumplió con su palabra. En una ocasión en que fue a verla a la ciudad donde vivía Fermina, le propuso que se fueran a vivir juntos a la costa, pero ella declinó tan estupenda invitación, pues el tipo le agradaba, ya que debía continuar trabajando para poder pagar el coche. Fue hábil y no se lo dijo directamente, para no espantarlo; simplemente respondió que no, con una enorme sonrisa en la cara que cautivó de tal forma a Justino que no cejó en su empeño de llevársela hasta la costa, hasta que lo consiguió.

Como este hombre gozaba de una posición económica bastante desahogada, y tenía otros ingresos gracias a unos negocios no muy claros, de los que obtenía importantes beneficios, se ocupó del pago del coche de Fermina y le compró una pareja de caniches blancos para que estuviera entretenida, ya que él tuvo que ausentarse por varios meses para resolver un asunto que tenía pendiente con unos empresarios colombianos.

Fermina se quedó un mes en la playa, pero como se aburría, decidió volver a la ciudad a buscar el estímulo que necesitaba. Se juntó con las amigas que había dejado, salió de compras, fue al cine, al teatro, a los espectáculos, hasta que un día recibió un telegrama desde Brasil, informándola de que Justino iba a permanecer fuera del país una larga temporada. Poco tiempo después de recibir el telegrama, una noche vio en las noticias de televisión a Justino detenido por tráfico de drogas y prostitución. La noticia la dejó helada y se aferró a sus perros, como si fuera una huérfana a la que acaban de comunicarle una mala noticia.

La noticia la puso tan nerviosa que no supo reaccionar a tiempo y estuvo toda la noche sin pegar ojo, dándole vueltas a la cabeza para ver qué actitud podía tomar antes de que la relacionaran con aquel tipo y temió que le quitaran su coche rojo. Sentada en el borde de la cama, abrió un cajón donde guardaba los recibos del banco y comprobó que disponía de una buena suma de dinero, pero no estaba segura de si podrían congelarle su cuenta. Así que, cuando despertó a la mañana siguiente, con un dolor de cabeza que le repicaba en las sienes, salió apresuradamente de su casa, sin desayunar, sin darles el paseo matutino a sus canes, y se personó en el banco para retirar todo el dinero. El empleado que la atendió se retiró de la ventanilla y entró en un despacho, lo que la hizo temblar de miedo, pero finalmente regresó con un papel en la mano en el que debía firmar Fermina y pudo sacar en metálico aquella cuantiosa suma.

Después del banco se dirigió al concesionario donde había adquirido el coche, y el vendedor le dijo que estaba todo pagado, que "alguien" se había encargado de variar el contrato de compra a plazos y había abonado la totalidad de su importe. Por tanto, lo que más la preocupaba ya estaba resuelto y decidió tomar un avión y volar a su casa de la costa para recoger sus pertenencias. Sin pasar por una agencia de viajes, tomó un taxi y se fue directamente al aeropuerto y sacó un billete de ida y vuelta. No llevaba equipaje, tan sólo el maletín con el dinero.

Dentro del avión, pidió a la azafata todos los periódicos y comprobó que en todos aparecía la misma foto: Justino en una piscina, acompañado de dos muchachas jóvenes con cuerpos esculturales. Su primera reacción fue de rabia, porque se sentía engañada, porque creía que había servido de tapadera a un hombre de vida oscura, que ahora aparecía fotografiado, a los ojos de todo el mundo, con dos mujeres mucho más bellas que cuando ella tenía veinte años. Será desgraciado, pensó, me alegro que le haya pasado esto.

Cuando el avión tomó tierra, se puso en pie y notó que le temblaban las piernas. Sabía que debía ser fuerte y armarse de valor para lo que tenía entre manos. Al salir del aeropuerto, tomó un taxi y se dirigió a la casa de Justino.

La suerte estaba de su lado, porque no encontraron mucho tráfico y pudo llegar a tiempo, antes de que pudiera verla un socio de Justino, que solía aparecer a medio día a desayunar con ellos, cuando vivían juntos. En la casa sólo estaban el jardinero y una doncella, que no parecían estar enterados de lo que le había ocurrido al señorito. Cuando la vieron entrar en la casa, saludaron con la cortesía de costumbre y ella, sin perder tiempo, se fue al dormitorio a recoger todas sus cosas. En la mesilla aún estaba su foto, y la guardó en la maleta con la misma prisa

que el que esconde algo en el momento de ser sorprendido *in fraganti*. Después de que hubo limpiado la habitación de cualquier indicio que pudiera delatar su presencia
en aquella casa, bajó al salón y pidió a la doncella la llave
de la caja fuerte, donde Justino guardaba no sólo dinero,
sino también documentos que podían ser comprometedores para ella, pues en alguna ocasión había puesto su
firma en papeles que ni siquiera leyó. La doncella volvió
al rato con un gran manojo de llaves, y estuvieron pro-
bando todas, hasta que por fin dieron con la que abrió la
caja.

Fermina se quedó boquiabierta cuando vio el tesoro
que guardaba Justino. Allí había fajos de billetes de distintas nacionalidades, carteras con documentos, lingotes
de oro, una pulsera de brillantes, un álbum de fotos y una
caja de metal con la llave por fuera. La doncella estaba
detrás de Fermina, impasible, y le dijo que si no la necesitaba más, que se retiraba a seguir con sus tareas en la casa.
A Fermina esto le pareció que era un regalo del cielo y le
dijo que sí, y cuando se quedó sola, agarró una bolsa y
metió todo lo que pudo, dejando un lingote de oro y algunas monedas que no le servían para nada.

Con el equipaje bien cerrado, y su plan llevado a cabo
sin ningún inconveniente, llamó a un taxi y salió a toda
prisa hacia el aeropuerto. Facturó las maletas donde llevaba
la ropa y se quedó con el dinero en la mano y los documentos de Justino. Los lingotes iban escondidos entre la
ropa y cuando fueron a pesar la maleta, tuvo que pagar por
exceso de equipaje. Se movía con tanta seguridad, sin levantar una sola sospecha, que el viaje de vuelta, aunque se
le hizo eterno, concluyó sin más problemas.

Al llegar a su casa, sus perros se abalanzaron sobre ella
y le llenaron la cara de lametones. Se habían hecho sus
cosas en la cocina y en el pasillo, pero Fermina no los re-
gañó, sino que los abrazó, agradecida por aquellas mues-
tras de cariño y porque había concluido todo sin que nadie ni nada le hubiera puesto un solo impedimento.

Los documentos de Justino los leyó en los días sucesi-
vos y los escondió entre las páginas de las guías telefónicas
y los libros de cocina. Los lingotes los escondió entre las
sartenes, en sitios donde nadie osaría mirar, y el dinero lo

distribuyó en pequeños fajos que escondió en sitios muy distintos e insospechados de su casa. Se dio cuenta de que tenía objetos en su casa verdaderamente comprometedores, que seguramente alguien debía estar buscando en la casa de la costa, y de esta forma salvaguardaba el honor del traficante de drogas con el que había convivido y que tan buen nivel de vida le había proporcionado. Estaba segura de que en el despacho que tenía él en la discoteca debía haber más cosas en una caja fuerte, y como ahí no podía entrar, lo dejó en manos de sus otros socios.

Los días pasaron, y también los meses, y no volvió a tener noticias del asunto Justino. No obstante, ello no impidió que durmiera con un ojo abierto, por si las moscas, blindara la puerta de su casa y se sacara un seguro a todo riesgo.

Para no levantar sospechas, no se excedió en los gastos y siguió llevando una vida sencilla. Incluso volvió a trabajar en la oficina de antes aprovechando una excedencia, y sus amigas y compañeros lo único que notaron en ella, Fermina, es que se había vuelto una espléndida a la hora de hacer regalos de cumpleaños. Alguno pensó que le había tocado la lotería y más de uno creyó que debía haber algún hombre rico en su vida que corría con todos los gastos, pues no se explicaban que pudiera estar pagando los plazos de un deportivo que a ella le quedaba grande y a la vez no privarse de salir, hacer pequeñas compras y comer sin reparar en la cuenta.

Pero a Fermina ninguna de estas conjeturas la preocupaba. Únicamente estaba preocupada porque un buen día, el más inesperado, se encontrara la casa revuelta y alguien esperándola con un revólver en la mano. Porque Justino conocía a muchos matones y a ella la habían visto con él, sabían dónde vivía y podían haber dado con ella y estar aguardando el momento de echarle el lazo.

Con este miedo vivió más de dos años, hasta que un buen día, el siete de julio, a la salida del trabajo, se encontró junto a su coche una enorme limusina blanca con cristales oscuros. Ya está, pensó, me han cazado. Quiso agarrarse a un brazo amigo, pero los compañeros se habían ido por otro lado, pues ella tenía que ir ese día al veterinario a vacunar a los perros y no podía quedarse a tomar una copa con ellos. Así que fue disminuyendo la marcha, contando hasta cien, respirando pausadamente, hasta que vio que se abría una de las portezuelas del coche. Un zapato negro brillante pisó el asfalto. Fermina contuvo el aliento. Sólo alcanzaba a ver el zapato y un poco de pantalón, de color crema. La vestimenta perfecta de un mafioso, pensó. Y no le dio tiempo a más, porque alguien salió precipitadamente del vehículo. Era un tipo alto, delgado, parecido a Justino, que llevaba unas gafas oscuras que le tapaban medio rostro.

—Fermina, soy yo.

Fermina se lanzó a aquellos brazos, casi desmayada por el miedo que llevaba encima. Era Justino, pero no se parecía nada. Se había hecho una cirugía estética y parecía otro. Sólo lo reconoció por la voz y el olor.

—Ven, entra.

Y ella entró en la limusina blanca y se fue con su amor a dar una vuelta, y explicarle que había ocultado documentos que podían comprometerlo y que todo estaba en su casa. El hombre la miraba sonriente y le daba palmaditas paternales en el muslo.

—Has sido una niña buena, muy buena. ¿Y los perritos?

—En casa. Tengo hora esta tarde en el veterinario. ¿Por qué no me acompañas?

—No puedo ahora, mi amor. Que se encargue él— y dirigió una mirada al chófer. —Dale la llave y dile a dónde tiene que ir.

Fermina buscó en su bolso la llave y se la entregó sin vacilar. El chófer los dejó en un hotel de lujo y se fue a hacer lo que le habían ordenado. Subieron a una suite y, en el camino, Justino le preguntó:

—¿Sabes qué día es hoy?

—Sí, claro.

Sin cruzar más palabras, se dirigieron a la suite donde estaba hospedado Justino y entraron. En el centro había un ramo de flores, una botella de champán con dos copas y una bandeja con caviar iraní.

—Hoy hace tres años que nos conocimos— y mientras esto decía, sacó de un armario una bolsa, de donde extrajo un paquetito envuelto primorosamente.

Cuando Fermina lo abrió, encontró una cajita que no podía ser de otra cosa que de un anillo. En efecto, así era.

—¿Te quieres casar conmigo?– le preguntó él, mientras abría la botella.

—Bueno, yo, no sé…

—Pues claro que sí– dijo él, tajante.

Justino había encontrado por fin una mujer fiel y discreta, que no hacía preguntas, que se limitaba a sonreír, y ella, a un hombre como el que todas sus amigas y compañeras habían soñado.

Y se casaron. Vaya que si se casaron, y por todo lo alto. Una boda con más de doscientos invitados, como las de las películas americanas, en la que no faltó ni un solo detalle. Justino regaló a su mujer un yate, al que llamó Fermina, y en él se fueron de luna de miel a recorrer los océanos durante seis meses.

Los dos fueron muy felices, no tuvieron descendencia, sino que adoptaron a una pareja de bebés negritos, y vivieron de forma honrada el resto de sus días, sin que nada les faltase.

LO QUE EL MAR SE LLEVÓ

A Romualda le dio por pensar que, una de dos: o sus padrinos habían tenido muy mala idea o estaban totalmente borrachos el día que pensaron en el nombre de su ahijada. Los padres eran también cómplices, pues habían accedido a poner a su hija el nombre de Romualda María de los Hielos. ¿De dónde sacaron aquella denominación para un bebé indefenso, incapaz de atizarles en el instante mismo en que su bautizador le asignaba aquella barbaridad de nombres? Ella siempre deseó llamarse Carmen, porque todas las Cármenes que conocía tenían una particular personalidad, no tenían el problema de ser llamadas de forma no deseada. Pero poco pudo investigar porque cónyuges y padrinos se encontraban desde hacía algunos años en el fondo del mar, adonde fueron a parar tras caer de un barco de pesca una noche sin luna y con la única luz del mechero del pescador que se prestó a darles un paseo nocturno un arroz con pescado a bordo a cambio de dinero. Era evidente que gente que emprendía tales aventuras era o poco cuerda o muy lanzada a aventuras extrañas. El pescador, además, se había emborrachado con el alcohol que subió a bordo el padre de Romualda, y cuando se dio cuenta de que había perdido a los pasajeros, tras una cabezada de tres horas, ya no se acordaba si habían saltado al agua o simplemente se habían caído. El aviso a la policía lo dio dos días después de dormir la moña en su casa y encontrar en el bolsillo del impermeable el fajo de billetes que le pagaron por llevarlos de excursión por la noche.

Los guardacostas nunca pudieron dar con los cuerpos porque el pescador no recordaba nada de aquella noche, ni si había ido hacia el este, el oeste o mar adentro en dirección al continente. Un lugar tan frecuentado por corrientes que removían el mar de arriba abajo y de un lado a otro. Es más, en el puerto le dijeron al pescador que bastante suerte había tenido con estar vivo en aquella hora, pues no se explicaban cómo había sobrevivido a una incursión tan arriesgada en una noche sin luna con el mar revuelto. Pero no esperaron respuesta de aquel hombre, pues su aliento lo delataba y como era alguien libre de toda sospecha, de buena conducta y que, además, les había mostrado el dinero que los otros le pagaron para demostrar que no estaba inventando aquella historia, lo dejaron ir y el asunto recibió carpetazo.

Como Romualda era la única hija, el pescador se comprometió a mantenerla hasta que fuera mayor de edad, pero no hizo falta tan buen gesto por parte de un hombre que apenas si sabía leer.

Romualda se escapó cuando cumplió los dieciséis años con un patrón de yate que la llevó a dar la vuelta por los océanos y de paso le enseñó los secretos de la vida. Cuando Romualda se cansó, abandonó al patrón por un marinero joven y atractivo que la llevó por el camino de la perdición. Contrajo varias enfermedades, se le llenó la cara de viruela, y cuando cumplió los veinte, lejos de mostrarse como una joven atractiva, comenzó a ensanchar las caderas, a engordar y a afearse. El marinero viendo aquella transformación, la abandonó en el primer puerto que le fue posible y se fue con una oriental.

Romualda se percató del engaño del marinero y juró no volver a embarcarse. Así que se fue tierra adentro hasta encontrar la ciudad donde le fue posible encontrar trabajo. Llevaba algo de dinero y alquiló una habitación sin baño. Tenía ya veinticinco años, no tenía novio, tampoco amigas, y se colocó en una fábrica de textiles donde fue escalando puestos, desde señora de la limpieza a secretaria de jefe de sección. Cuando llevaba cinco años en este puesto, que le parecía ya la suma aspiración de su carrera, y el mismo día en que celebraba su 30 aniversario, acertó a entrar como nuevo jefe un hombre que se fijó en ella y empezó a cortejarla. Como este señor, don Jacinto, tenía grandes poderes en la fábrica, Romualda no opuso resistencia y se dejó hacer el amor por aquel hombre bajito, calvo y muy nervioso. Con él se sentía a gusto y en las noches le fue contando su pasado con el patrón, el marinero y su actual soledad. Don Jacinto la tomó como secretaria y a los dos años Romualda experimentó un cambio tan grande que ya nadie se acordaba de la simpática pero fea señora de la limpieza que se apoyaba sobre la fregona y contaba sus viajes a los empleados que se quedaban trabajando horas extras. Y es que el nuevo jefe se percató de que Romualda tenía ideas y que podía ayudar en la sección de diseño y fue así como se convirtió con los años en una diseñadora de prestigio. Pero antes, cuando llegó el día de independizarse, le entró el pánico y le sobrevino la depresión. Por un lado, don Jacinto había tenido un accidente con una máquina y había perdido parte de su brazo derecho, y ella se veía ahora como la prometida de un manco retirado que tenía que buscar un nombre para sus diseños. Él le había dicho que el nombre de Romualda no era feo, pero ella no estaba conforme y no quería denominarse como Romualda Confecciones. Finalmente y después de estudiar varios, registró el suyo como Ice Romea, y así fue como se originó esta marca de ropa.

Se hizo rica con los años, se casó con don Jacinto, tuvo un hijo a los cuarenta años, y a los cincuenta se retiró a vivir con su marido y el pequeño a un pueblo de la costa muy próximo a la bahía donde se perdieron para siempre sus padres y sus padrinos. El resto de sus días los pasó tranquilamente en familia, viviendo feliz hasta que le llegó su hora.

EL MAYORDOMO

Se puso los guantes de gala blancos, se colocó el sombrero negro de ala ancha inclinado de tal forma que le tapaba media cara, se abotonó el abrigo ceñido en la cintura y se cuadró delante de un enorme retrato que había colgado en la pared presidiendo el salón. Había despedido a los criados y media hora antes llamó a un taxi, que debía estar a punto de llegar a aquel lugar tan distante. Afuera soplaba un viento primaveral que iba a contribuir a avivar el fuego y a que éste se extendiera rápidamente desde las cuadras hasta la casa. Los caballos ya habían empezado a agitarse y se les oía relinchar asustados.

Se oyó el claxon del taxi y al conductor gritando alarmado ante aquel espectáculo de llamas. El mayordomo salió de la casa con un maletín de piel de cocodrilo en la mano, cerró la puerta tras de sí y se dirigió al vehículo que estaba estacionado delante con el motor en marcha. El taxista levantó los brazos y señaló horrorizado el fuego. El mayordomo se llevó una mano al bolsillo del abrigo y sacó un pequeño revólver con el cual apuntó a aquel hombre, haciendo blanco sobre él. Éste cayó de rodillas en el suelo, llevándose la mano a la altura del corazón y en pocos instantes se desplomó. El mayordomo se introdujo en el taxi y se sentó al volante; antes de que las llamas lo alcanzaran abandonó el lugar en dirección al aeropuerto.

En la radio anunciaron un vals que había pedido por carta unos meses antes.

Un sencillo pero bien premeditado plan de venganza le iba a trasladar a un país de Sudamérica, llevando consigo una enorme fortuna para vivir el resto de sus días. Había vaciado la caja fuerte de un estafador y sintió que así estaba cumpliendo, de alguna manera, con su deber.

LA LISTA NEGRA

Se acabaron las vacaciones para Mariluz, que se vio sorprendida aquella mañana de lunes, cuando el despertador desató su ruido ensordecedor y sintió que su cama estaba vacía. El día anterior había hecho el viaje de regreso en tren y ahora sentía el cansancio del traqueteo en la espalda y en las piernas. Cuando se miró en el espejo, se quedó admirada por el buen color que traía de la playa, y mientras preparaba el desayuno y arreglaba su cama, estuvo pensando con qué modelo aparecer en la oficina e impresionar a su jefe, por quien se sentía bastante atraída. El verano había sido un éxito para ella y esto se notaba en su aspecto. Unos meses antes había cumplido los cincuenta y, en lugar de entristecerse, se había dicho: aunque sea la última, ésta será mi temporada.

Mariluz era ya una mujer de cierta edad, circunstancia imperdonable para el resto de los empleados de la oficina, cuyas edades, por término medio, iban entre veinticinco y los treinta años. Incluso su jefe tenía no muchos más de cuarenta. Había demasiadas cosas que no soportaban en ella sus propios compañeros, como sus ligeros despistes, pero sobre todo lo que más los molestaba era aquel empeño suyo de llevar su trabajo con tanto mimo y con la más absoluta responsabilidad. Los más jóvenes, que eran mayoría, se reían ya no a sus espaldas sino a su paso, sin ocultar las muecas de desprecio que le dirigían y que Mariluz obviaba tras sus gafas, sin darles demasiada importancia. Para ella, aquéllos eran unos zánganos a los que su madre había puesto en la calle para que se buscaran la vida y, de forma accidental, habían ido a parar a aquella empresa.

Sin embargo, un mes antes de las vacaciones, había entrado una secretaria mucho más joven que ella, sin experiencia ni conocimiento de idiomas, que había revolucionado a todo el personal masculino. En principio estaba destinada a echar una mano en el departamento de contabilidad, donde andaban apurados con el cierre del ejercicio. Como a última hora trajeron un ordenador que facilitara el trabajo y esta joven no sabía nada de informática, el jefe de Mariluz propuso al jefe de personal que trabajara para él en ausencia de su secretaria, que iba a estar fuera de vacaciones durante treinta días.

Pero Mariluz no se enteró de la jugada de su jefe, pues antes de irse la joven aún estaba en el otro departamento luchando con los números. Se despidió del jefe y se fue de vacaciones a una playa con ánimos de disfrutar a base de bien, pues tenía bastante dinero ahorrado y en los tres últimos años no había salido fuera porque se había quedado ayudando a otro jefe cuya secretaria había pedido una excedencia y a la vuelta había regresado embarazada. Mariluz aceptó la sustitución, aunque esto le llevó trabajar el doble y salir de noche, incluso sacrificar sus vacaciones, pero la recompensa fue enorme, porque le pagaron bien y ella necesitaba el dinero para hacer reformas bastante costosas en su piso. Por tanto, aquel verano, con cincuenta años a la espalda, fue para ella como una liberación y no escatimó en gastos, compró vestuario nuevo, cambió de imagen en la peluquería, adelgazó algunos kilos, llevó dos novelas de Baroja para leer en la sombra y, lo mejor de todo, conoció a un galán entrado en años, con el que estuvo divirtiéndose prácticamente durante toda su estancia en la playa.

Si de la sustitución de su puesto por el de aquella joven no tuvo noticias hasta la vuelta de las vacaciones, tampoco se enteró de que la empresa había ido bastante mal, hasta el punto de que, de forma drástica, habían hecho reducción de personal.

Cuando Mariluz bajó del autobús encontró a un grupo de gente alrededor de la garita de entrada a las oficinas, que parecían discutir de forma acalorada con dos guardias armados. Como pensó que la cosa no iba con ella, se abrió paso entre el gentío y se plantó frente a los dos tipos que interceptaban la entrada de los alborotadores. Justo cuando se disponía a entrar, una enorme botaza negra de cuero con correas en los costados, le cortó el paso. Su primera reacción fue el susto, pero no perdió los nervios, pues creía que se trataba de un error.

—Dígame su nombre— le dijo uno de aquellos hombres.

—Mariluz Sánchez.

El guardia sacó unos folios donde aparecía una lista negra con los expulsados y cuando localizó su nombre en la S, le mostró el papel a su compañero.

—Ésta está en la lista.

Mariluz abrió los ojos y miraba a uno y a otro sin explicarse a qué se debían aquellas medidas de seguridad. No quiso volverse hacia los compañeros que tenía detrás, porque seguía empeñada en que nada tenía que ver ella con aquel asunto que empezaba a parecerle muy turbio.

Uno de los guardias sacó de un cajón una bolsa y se la entregó.

—Aquí van una dentadura, una lima de uñas, objetos de costura y una rebeca de punto.

A sus espaldas, los hubo que no pudieron reprimir la carcajada y repitieron en voz alta: dentadura postiza.

Mariluz le arrancó la bolsa de la mano, se volvió a todos y les lanzó una mirada de odio. Los que se habían reído de ella se pusieron muy serios y se hicieron a un lado, formando un pasillo, y la dejaron irse. Pero Mariluz no se alejó más que unos metros. Entró en un cafetería, pidió un desayuno americano y empezó a maquinar un plan. Al poco rato, algunos compañeros entraron en el local y se sentaron alrededor de ella. Todos llevaban en la mano bolsas como la de Mariluz con la foto de la novia, un llavero, el calendario con mujeres desnudas, paquetes de galletas, peines, cepillos de dientes y demás objetos personales que habían quedado guardados en los cajones durante las vacaciones.

—Esto es una injusticia— dijo el que parecía mayor de todos ellos.

—Esto no quedará así— musitó Mariluz, cabizbaja.

—Que nos impidan entrar en nuestros puestos de trabajo

para que no saquemos documentos y los propaguemos por ahí. Nos han tratado como si fuéramos chorizos.

De pronto, los que estaban con ella la miraron de una forma distinta. Habían apreciado el camino tan radical de esta mujer, incluso les parecía que venía guapa, y la oían con atención, dispuestos a seguirla en su plan de venganza personal.

Alguien le dijo que en su puesto estaba la de contabilidad, y a Mariluz, que en ese momento estaba tratando de masticar un trozo de *bacon*, se le atragantó la comida y no pudo reprimir una tos seguida de arcada.

–Me las van a pagar esos malditos. Veinte años de mi vida echados por el suelo. Me jubilan, y me jubilan del peor modo que han podido.

–No tienen estilo– le apoyó uno con gafas, con la boca llena de *cornflakes*.

–Pero, ¿cómo vamos a hablar con la dirección si no podemos entrar en el edificio? ¿Qué medidas son éstas? ¿En qué mundo estamos?

–Podríamos hacer huelga– apuntó un tipo delgado y pálido, que no había ido a la playa porque se había quedado en su casa pintando las paredes y arreglando él mismo los desperfectos que el tiempo causa en todas las viviendas.

La idea de una huelga le pareció una tontería, porque eran muy pocos y no parecían estar apoyados por los empleados que estaban dentro, que asomaban sus caras por las ventanas para no perderse el espectáculo. Incluso alguno sacó la lengua y con la mano en la punta de la nariz les lanzó una piruleta de mal gusto.

–Yo propongo que nos liemos a pedradas y nos carguemos el edificio. Claro, que tendría que ser por la noche, para no ser vistos.

Mariluz, sin hacer caso a lo que acababan de proponer, se mantuvo seria y callada durante un buen rato, desoyendo el concierto de discusiones que se animaba a su alrededor, y cuando pareció que ya tenía una idea le clavó los ojos a un tipo que conocía desde hacía años y le preguntó:

–¿Tú sabes dónde viven esos hijos de puta, verdad?

–Sí, más o menos. Sé sus direcciones, pero no sus teléfonos. Ya sabes, cuando llegan las navidades siempre hay que darlas para que reciban allí sus regalos.

Mariluz escuchaba con atención sus palabras y le pidió que las apuntara en unas servilletas de papel que encontró en la mesa.

Cuando estuvieron todas anotadas, Mariluz leyó una por una, asintiendo con la cabeza, pues tenía bastante idea de las zonas donde quedaban, y se las guardó en el bolso. Al ir a hacerlo, descubrió la bolsa que le habían entregado los guardias y uno de los allí presentes le pidió disculpas por lo de la dentadura postiza.

—No es una dentadura postiza. Es un puente que me han tenido que rehacer, y tenía que volver al dentista esta semana.

—Vaya por Dios— consideró un oyente.

—Bueno, olvidemos el asunto de los dientes. Primero, vamos a llevar a cabo la primera parte del plan. Nos vamos a ir por parejas a las casas de esos malditos y les vamos a pinchar las ruedas del coche y les metemos azúcar en el motor. Así que coged bolsitas— y les indicó el cajón donde se guardaba el azúcar en la cafetería —y manos a la obra. Si podéis joder más, bravo. Si la casa está a tiro, lanzáis piedras contra las ventanas...

—Y, a ser posible, mierda— añadió uno, entusiasmado.

Todos parecían contentos con el plan de ataque después de exponer sus quejas, sus reivindicaciones y sus críticas a unos jefes que ganaban seis y hasta diez veces más que ellos y trabajaban menos horas; así que pagaron los desayunos y se despidieron. Al salir de la cafetería, miraron atrás y vieron que alrededor de las oficinas no quedaba un alma. Los guardias seguían en actitud intimidatoria, pero, por lo demás, cualquiera que hubiera pasado por allí no habría sospechado que la empresa estuviera en crisis.

En grupo se dirigieron a sus coches y Mariluz se fue con uno de ellos. En el camino de vuelta a sus casas intercambiaron teléfonos y quedaron en que a partir de aquella noche empezarían con su plan de ataque y al día siguiente se reunirían en un bar determinado para dar cuenta de cómo iban los hechos.

Mariluz se fue apenada a su casa, y en el momento en que abría la puerta con la llave se dio cuenta de que habían echado precisamente a los más viejos, para quedarse con la carne joven.

Sabía que ella iba a tener menos problemas que los que tenían familias a su cargo, ya que le correspondía una jubilación anticipada y el hecho de haber trabajado tantos años en aquella empresa le iba a suponer una cuantiosa suma a la hora de percibir el finiquito. No obstante, a pesar de la tranquilidad que parecía reinar a esa hora, después de haberse desprendido de toda la furia, no comprendía el modo de actuar de los directivos de la empresa, por la que hubiera dado la vida si hubiera sido preciso, pues a esas alturas de la vida para ella lo único importante era el trabajo. Más que la salud, cuyo buen estado asociaba con estar empleado y la mala salud con el paro, la ruina económica y la ruina moral. No se equivocaba, algo de razón tenía.

Cuando llegó la noche, Mariluz se juntó con Liborio, su compañero de ataque, y los dos se dirigieron con cubos de pintura y unas mochilas donde portaban martillos, destornilladores, bolsas de azúcar y un bote de disolvente. Ambos se habían puesto zapatillas de deporte para no hacer ruido, caminar mejor y poder correr en caso de huida. Andaban por la calle como dos furtivos, de puntillas, medio encorvados, escondiéndose de la luz de las farolas, arrimándose a las tapias que separan un chalet de otro, procurando no encontrarse con el destinatario de la acción de ataque ni con un vecino que a esa hora se le ocurriera salir a pasear al perro. Los dos estaban realmente emocionados, como creían que lo estaba el resto del grupo, que también andaba dividido en parejas por otras zonas de la ciudad.

Antes de lo esperado, llegaron al chalet que les había sido señalado como objetivo y se desilusionaron nada más verlo, porque no contaban con encontrarlo con las luces encendidas. Afuera había varios coches aparcados, señal evidente de que en aquella casa estaban celebrando alguna cena.

–Una fiesta por todo lo alto, para festejar nuestro despido. ¡Serán desgraciados…!

–No te quepa la menor duda– le dijo Mariluz en voz baja, echándole el aliento a coñac. Antes de emprender la aventura había tenido que tomarse dos copas para infundirse ánimos y no volverse atrás en el último momento. No estaba acostumbrada más que a tomar una cerveza en el aperitivo, y como tenía una botella por casa por si se presentaban sus cuñados y sus hermanas, abrió el tapón y bebió a morro un sorbito y luego se sirvió dos veces.

—Oye, esto puede durar toda la noche…— opinó Mariluz, cansada de estar tanto tiempo de pie.

—En eso mismo estaba pensando— consideró su compañero.

—Entonces, lo dejamos para mañana.

Y se alejaron y se fueron hasta sus casas un poco tristes por no haber podido hacer nada de lo que tenían planeado. Sólo los consolaba que a los demás no les hubiera ocurrido lo mismo y que hubieran podido llevar a cabo el plan.

Cuando Mariluz entró en su casa, el teléfono estaba sonando. Dejó la mochila con las herramientas en el suelo y corrió a descolgar el aparato. Al otro lado escuchó una voz de hombre.

—¿Mariluz?

—Sí— contestó muy bajito, creyendo que se trataba de algún compañero que llamaba a aquellas horas para hacerle alguna confidencia.

—Soy Gustavo.

Casi le da un vuelco. Se había olvidado de su galán del verano, de tan pendiente que estaba con su plan de ataque.

—Espera a que me acomode— y se sentó en el sofá, para hablar más plácidamente.

Entonces le contó todo lo ocurrido y el hombre le dijo que no se le ocurriera hacer nada de eso, porque podían denunciarlos y perder sus derechos. Lo mejor era esperar al juicio y aceptar las cosas buenamente, y no por las malas.

—Pero los otros están ahora mismo en la calle…

—Tú déjalos a ellos, que son más jóvenes, y piensa en ti y en todo lo que vas a perder.

—Es que era tan divertido…— respondió ella, un poco apenada porque el plan le había dado una fuerza interior desconocida.

—Escúchame ahora— hablaba Gustavo. —No hagas nada y espérame, que yo estaré allí en una o dos semanas.

Cuando colgó el teléfono, Mariluz se fue a dormir para no pensar más.

Al día siguiente, cuando estuvieron todos reunidos en el bar, pidieron los desayunos y los devoraron en silencio.

Ninguno se atrevía a abrir la boca para otra cosa que no fuera llevarse el bollo o la taza de café a los labios. Finalmente, Liborio rompió a hablar.

–Nosotros no pudimos porque la casa estaba llena de gente.

Mariluz fue a añadir una frase de apoyo a su compañero que hiciera ver a los demás que no habían podido realizar el plan, pero fue interrumpida por un *nosotros tampoco*. Al final, todos habían sido buenos chicos y se habían quedado en sus casas pasando la rabieta, ahogándola en alcohol, buscando el consuelo de la esposa, analizando la situación con una visión más realista, sopesando los pros y los contras, temiéndose ir a parar con sus huesos a la cárcel.

–Hemos hecho bien en no atacar, pero…, ¿y lo divertido que fue planearlo?

Asintieron todos, terminaron sus cafés, fueron pagando, se despidieron y acordaron no volver a reunirse más que por causas nobles.

A Mariluz no le quedó más que una jubilación anticipada, nuevos amigos y uno muy especial, Gustavo, con el cual se podía empezar otra vida, llena de ilusiones. Pero no pasó porque, un tiempo más tarde, alguna noche llegó a pensar si no hubiera sido más emocionante un ataque como el planeado y no una vida cursi al lado de un galán que se pasaba más de dos horas delante del espejo acicalándose el bigote.

EL VERANO DE LA MUJER DE PACO

U n grito rompió el silencio a la hora de la siesta.
–¡François, François!
El aludido tardó en responder a la llamada. Estaba durmiendo "en bolas" y las sábanas blancas de algodón yacían arrugadas entre el borde de la cama y el suelo. Con un pie buscó a tientas el calzoncillo, que casualmente estaba en el suelo, junto al orinal, y muy hábilmente lo agarró entre el dedo gordo del pie y el que hay al lado y subiendo la pierna de un golpe, lanzó la pieza por los aires.

El calzoncillo le dio en la cara, pero no se detuvo en pensar en lo gracioso de la situación, y se incorporó rápidamente para ponérselo y acudir a la cocina, de donde procedía la voz.

Una mujer gorda y medio desnuda, cubierta por un gran delantal de cuadritos, estaba acabando de fregar el suelo y cuando vio a François le hizo un gesto para que se apartara y no pisara lo mojado.

–¿Me ha llamado usted?– preguntó el joven.

Ella no contestó. Tenía por costumbre no dar demasiada confianza al señorito, no fuera a repetirse la historia que tuvo que padecer de niña, el derecho de pernada del tío de François que no podía soportar las siestas solo. Sin embargo, no pudo evitar la tentación y le miró el paquete al joven. Tragó saliva y volvió los ojos a la fregona para olvidar el pensamiento que acababa de tener.

François estiró un brazo para alcanzar unas picotas que había en el frutero, y la mujer, que vio aquel cuerpo bronceado de pecho robusto, sintió que flaqueaba y que si continuaba allí de pie, delante suyo, la cosa no iba a acabar como a su esposo Paco le gustaba que terminaran las faenas del hogar.

—¿Podrías hacer mi habitación?

La pregunta no se la esperaba, porque nunca hacía habitaciones después de limpiar la cocina. A esa hora descansaba un rato en el patio, bajo la parra, y cuando llegaba el momento en que el calor dejaba de castigar se iba caminando con una bolsa grande donde se llevaba las sobras para aprovecharlas en su casa o repartirlas con alguna vecina.

La señora de la casa se había marchado el lunes y no volvía hasta el domingo, y aquel jueves se presentaba como el más libre para François, que debía simular que estudiaba cuando volvía su madre de la playa.

Sin quererlo, se cruzaron los cuatro ojos y François siguió a la mujer hasta su habitación. Allí, el alumno esta vez fue el estudiante y la maestra, la que fue pupila del tío de François quince años antes.

—¡Oh, oooooh, oooooooooh…!– gritó él.

A partir de aquel día, François aprendió lecciones en la hora de la siesta y por la mañana, cuando llegaba la señora a limpiar y le pedía el desayuno en la cama.

Sin embargo, la aventura fue corta con el regreso de la madre del joven, y a partir de aquel día emplearon toda la cautela en sus encuentros.

François empezó a madrugar para poder ver a la mujer, y empezó por entrar en la cocina cuando ella estaba arrodillada en el suelo fregando, y él la tomaba por detrás. Tampoco se privó de hacerlo cuando estaba cocinando o lavando. Le divertía sorprenderla, levantarle aquel delantal enorme, hundirse en aquellas carnes aún jóvenes, a sabiendas de que su madre no debía andar muy lejos.

Pero un día la señora de la casa sorprendió a su asistenta en la habitación de su hijo y se llevó tal berrinche, que llamó al marido, que estaba en la ciudad trabajando, para que tomara cartas en el asunto. Cuando el padre de François se enteró de lo ocurrido, fue a decírselo a Paco, pero éste estaba en el campo, arreglando un tractor y no pudo dar con él. Entonces, entró en la casa y se encontró con la mujer, que ya se había quitado el delantal, y en lugar de regañarle, lo que le pidió fue que le enseñara las cosas que su hijo había aprendido con ella.

Al regresar a su casa encontró a la esposa esperándole, con la certeza de que a esas horas la mujer de Paco debía estar hecha un baño de lágrimas, arrepintiéndose o, lo peor —para ella, lo mejor—, recibiendo una paliza del marido.

—Lo mejor es que os vayáis tú y François y yo me quedo al mando.

No pudo encontrar mejor excusa. El chico tenía que estudiar y allí, era evidente, que no estaba dando golpe. Y para la madre, era mejor no andar mucho tiempo en la playa, pues la cirugía, a pesar de que se la había hecho dos años antes, no hacía milagros si ella volvía a las andadas y se pasaba horas y horas tumbada bajo el sol.

Y al día siguiente, regresaban la madre y el hijo y se quedaba el esposo a disfrutar de sus vacaciones con la mujer de Paco. Éste no se enteró nunca de lo que su mujer hizo entre aquella familia, y ni siquiera se sorprendió cuando al regreso del señorito vio que tenía una cadenita de oro en el cuello. Lo único que notó es que su mujer se había vuelto una experta bajo las sábanas y que en el último tiempo hablaba poco.

MANÍA PERSECUTORIA

De pronto, Valvanuz recordó unos versos de Guillén: "Y cuando más la depresión te oprima y más condenes tu existencia triste, el gran acorde mantendrá en tu cima propia luz esencial. Así te asiste." Palabras mágicas que le servían para superar, a duras penas, los malos ratos que achacaba a la partida de Manuel, y cuando lo nombraba venía a su mente la canción de Violeta Parra. De cualquier mal paso en su vida se culpó durante un tiempo, pero más tarde le echaba las culpas a él, que se fue a Chile sin decir adiós, dejándola con la esperanza de que algún día regresara. Era difícil recordar cuántas veces soñó con que se rencontraba con él, que era ella quien cruzaba el océano para reunirse con él, Manuel, el cual la esperaba con los brazos abiertos en un país desconocido para ella, en un día de sol de verano. Había visto en sueños un mercado de fruta en la calle y al final estaba él, Manuel. Después venía la realidad, despertar sin él, saborear tan sólo durante algunas horas el dulce recuerdo del sueño y después encontrarse con el mundo que le quedaba, una vida gris llena de altibajos, tropiezos, arrepentimientos, añoranzas del pasado. Hasta reconocer que los días del ayer nunca más volverán, ni siquiera en sueños, aunque lo soñado fuera tan placentero como el pasado.

Las añoranzas, la carga poética que cubría sus ensoñaciones, nada tenían que ver con lo que le acontecía. Acababa de cometer una barbaridad. Durante la noche, había arrojado por la ventana un colchón viejo que fue a caer encima de unos coches que se hallaban abajo estacionados. Nadie le había prestado ayuda para bajar aquella carga a la calle, a esperar que lo recogiera el camión destinado a estos menesteres y cuando le subieron del almacén el colchón nuevo se vio con el problema de qué hacer con el viejo. No se lo quisieron llevar los mozos que habían llevado el nuevo, y ella necesitaba desprenderse del otro. Por eso lo arrojó a la calle, durante la madrugada, para no ser vista ni oída. Pero el colchón dio con sus muelles encima de un coche, con toda la fuerza de caída, y le había abollado el techo. Temblaba sólo de pensar en lo que diría el dueño al día siguiente al ver su vehículo en aquel estado. Trató de dormir y pensar que nadie la acusaría, pero no pudo pegar ojo en toda la noche. La invadió primero una depresión, que derivó en el recuerdo de Manuel. Y con sus recuerdo cayó finalmente dormida, aunque no tardó en despertarse al despuntar el día.

Cuando se levantó, sin haber dormido más de tres horas, no se sintió cansada. No había soñado con Manuel. Soñó con una historia nueva que no sirvió para olvidar lo que había hecho la noche anterior. Con disimulo se acercó a la ventana y miró hacia abajo. Para su sorpresa, no estaba el coche, lo cual fue un gran alivio pues podía ser que el dueño, o la dueña, no se hubiera dado cuenta de lo que le había caído encima a su querido compañero. Entonces abrió la ventana y asomó la cabeza. Abajo estaba el colchón, colocado en vertical entre un árbol y una farola. Alguien se había molestado en retirarlo de la acera, donde había quedado tirado después del golpe. Por suerte, el colchón, aunque viejo, estaba limpio, lo que no iba a ser motivo de vergüenza. Cuántas veces se había encontrado en la calle colchones con unos manchones enormes amarillos y marrones, deshilachados, vencidos, hechos un asco.

Más tranquila, fue a la cocina a prepararse el desayuno y continuar con la lectura que había dejado abandonada la tarde anterior. Intentó leer unas líneas, pero no fue capaz de concentrarse y cerró el volumen y fue a asearse. Cuando hubo acabado de vestirse y ordenar un poco la casa, bajó a la calle a hacer la compra. Siguió el camino que solía recorrer cada sábado: primero a la panadería, después la frutería y, por último, la tienda de ultramarinos. Cargada con las bolsas se dirigió al quiosco a comprar el periódico y regresó a su casa. Antes de llegar al portal, echó una ojeada a los vehículos estacionados y no vio el del techo hundido. Así que subió muy contenta en el ascensor y entró en su casa cantando. Aquella noche daba una cena íntima a un amigo de la infancia y se ocupó el resto del día en arreglar la casa y prepararlo todo.

A las ocho llamaron al timbre. Era Jacobo, su amigo del alma. Traía un ramito de flores y una botella de vino. Lo invitó a entrar abriéndole el paso con una reverencia, como si se tratara de un príncipe, y mientras lo dejaba en el salón sirviéndose una copa fue a la cocina a buscar una jarra de cristal para colocar las flores. Aprovechó el momento para darle una vuelta al besugo que estaba en el horno y regresó junto a su invitado y colocó las flores en el centro de la mesa, entre dos velas rojas. Después fue a servirse una copa y se acomodó en el sillón junto a él. No sabía cómo entrar de lleno en su problema y comenzó por formular todas las preguntas de conveniencia social que se le vinieron a la cabeza. Cuando las agotó, ya habían consumido sus copas y le propuso que fueran a sentarse a la mesa, que así podía hablarle mejor frente a frente.

El hecho de tener enfrente a un amigo psicólogo tiene sus ventajas y también sus inconvenientes, sobre todo a la hora de ahondar en lo más íntimo, cuando ayuda a rascar el pasado y de pronto salen a la luz asuntos que uno teme le sean descubiertos. Contarle a un desconocido cualquier desavenencia del pasado puede también servir como descarga de algo que ya no se quiere guardar por más tiempo dentro, pero si se trata de algún allegado es muy fácil caer en la tentación de mentirle y ocultar ciertas facetas que uno siempre guarda bajo llave, debajo de la coraza que acostumbra a mostrar al exterior. Y el psicólogo nos puede sorprender con una alusión a un pasado oculto o vergonzoso, que nos dejaría desarmados ante la evidencia.

—Jacobo, te vas a reír, pero creo que alguien me persigue.

La pregunta cayó en el momento más oportuno, justo cuando él acababa de meterse en la boca un buen trozo de pescado acompañado de una patata. Como no tenía el hábito de hablar con la boca llena, y no debía acelerar la deglución por si aparecía una espina, la respuesta iba a tardar en llegar.

Ambos se limpiaron la boca con sus servilletas y bebieron vino. A continuación empezó la charla, vinieron las preguntas, el te sirvo más vino, te gustó el pescado, te sirvo un poco más, quieres postre o prefieres café como siempre, te apetece un licor después, pongo un poco de música para que me ayude a no oírme. Y las interrupciones: gracias de nuevo por tus flores, te encuentro mejor últimamente, bonita corbata, repíteme lo que acabas de decir. Para llegar a lo importante: desde cuándo te ocurre, por qué no me lo dijiste antes, estás segura, no puede ser una equivocación, sabes de quién se trata, has hablado de esto con alguien más, hiciste bien en llamarme, la cena estuvo espléndida, quieres que me quede esta noche contigo.

–¡Síiiii!– gritó; y después, en un tono más bajo: –por favor.

Aquella noche Valvanuz estrenó colchón, con Jacobo, dando por cumplida una asignatura pendiente desde hacía tiempo, que si no se había provocado antes fue porque hasta entonces no se había presentado mejor ocasión como aquélla. La necesidad urgente de confiar a esa persona sus temores, colmar tal momento con una buena cena y un magnífico vino, favorecían una situación íntima. Sentir al otro tan cerca, su cuerpo caliente, sus manos firmes que conocían su *problema* recorriendo cada poro de su piel, estremecerse con las caricias, hasta el tirón último que la abandonaba en un estado de relajación mental y psíquica necesario para dormir una noche sin más preocupaciones.

–¿Te molesta que ronque?

No hubo respuesta. Podía dormir a pierna suelta. La trampa estaba tendida y la presa había picado. En el fondo, sabía que se había dejado llevar y que no había puesto ninguna resistencia; solamente quedaba pensar en cómo retenerlo en sus redes hasta su próxima conquista. Pero antes de sumirse en el sueño, la voz del hombre rompió el silencio de la habitación:

—Me engañaste, ¿verdad?

Ella no respondió y simuló estar dormida, exhalando el aire de forma pausada, al mismo ritmo de la primera hora del sueño.

—Siempre te he deseado.

Estas palabras no se las esperaba y Valvanuz trató de no romper el ritmo de su respiración. Estaba emocionada y no podía expresarlo, porque estaba preparando una nueva táctica para emprender la más difícil de sus conquistas hasta ahora: la del hombre libre. Cosa difícil tratándose de un psicólogo.

—¿Te cuento una cosa curiosísima que le pasó esta tarde a un amigo?— dijo, volviéndose.

Ahora estaba boca arriba. Era evidente que no tenía sueño y estaba con ganas de hablar. Y sabía que su acompañante no dormía aún. Sin embargo, ella no se movió.

—Le golpearon el techo del coche, ¿te imaginas? Tenía el techo hundido. Por suerte tiene el coche asegurado a todo riesgo.

Valvanuz contuvo la respiración. Era imposible fingir por más tiempo, pero si quería seguir el juego no debía hacer ningún movimiento en falso. Se limitó a suspirar y cambiar el ritmo de su respiración, como si le oyera entre sueños.

EL ÚLTIMO VIAJE

Le quedaba de vida menos de un día y se dio prisa en terminar lo que había dejado a medias. No quería que en su ausencia pensaran mal y revisó todo lo material que iba a dejar tras de sí. Comprobó que en ningún cajón quedaba de recuerdo una sola nota comprometedora, aunque le tentó improvisar una carta de despedida para quien hubiera de abrir el armario.

Miró el reloj y apenas habían transcurrido dos horas desde que empezó a poner orden en sus cosas. Llenó el cesto de los papeles con cartas, fotos, facturas y notificaciones del banco. Cuando pensó que las cosas estaban como quería que las vieran, se sentó a pensar en su destino. Sin derramar una sola lágrima, hizo un recorrido por las sensaciones de la vida. Pensó en el placer tantas veces sentido durante la primavera y en los primeros días del otoño. Ya no vería más los árboles, esos seres que desprecia el hombre, envidioso de su longevidad, tan importantes cuando nos avisan de los cambios de estación. Sintió más dolor por la naturaleza, la tierra que dejaba, que por los hombres, a los cuales, al fin y al cabo, tenía la certeza de que volvería a encontrar. De pronto, cuántas dudas lo asaltaron y qué callado había guardado su partida, pero no había tiempo que perder en conjeturas que no deseaba.

Consultó de nuevo el reloj y cerró la puerta antes de salir. Dejó la llave puesta en la cerradura y partió. Afuera lucía un sol radiante. Había sólo algunas nubes en el cielo que no presagiaban ninguna tormenta. Al menos, se dijo, me voy en un día luminoso.

Una vez dentro del coche, se abrochó el cinturón de seguridad y pensó que nunca más lo desabrocharía. Sería otra persona la que lo haría. Tal vez un enfermero de la ambulancia, es decir, un desconocido.

Puso en marcha el motor y arrancó sin que ocurriera nada extraño o anómalo. Tomó por un camino por donde solían pasar vehículos a gran velocidad y lo encontró a aquellas horas casi vacío. Qué será lo que me espera a partir de ahora, pensó, mirando fijamente el asfalto gris.

Casi sin darse cuenta, llegó antes de lo que creía a su destino y se sorprendió al verse desabrochando, con sus propias manos, el cinturón de seguridad. En el sillón trasero aún guardaba el periódico. Lo abrió por la página del horóscopo y volvió a leer que para ese día vaticinaban que tendría un accidente de tráfico. Cómo es posible, se preguntó, si no tengo que usar más el coche y ahora me voy a dormir, que tenga un accidente. Por otro lado, había creído en aquel mal presagio, ya que según la última lectora de manos, su corta vida coincidía con las líneas de la palma en las que la vidente aseguró ver una muerte repentina a edad muy temprana. Sonrió al ver que era él quien se había reído de la Fortuna, y se fue a casa a descansar. Tenía tanto sueño que se quedó dormido en el sofá con un libro abierto entre las manos. Antes de cerrar lo ojos pensó si no había sido una tontería precipitarse y romper con cosas que delataban su pasado. No era nada del otro mundo, pero le molestaban las intimidades y por eso había roto en trozos muy pequeños las cartas.

Aunque durmió profundamente y tuvo un sueño, al despertar y ver la luz del día se dio cuenta de que no habían pasado más de veinte minutos. Se despertó con el sonido del teléfono. Era una vieja amiga que acababa de llegar de América y le pedía, si no era mucha molestia, que fuera a recogerla al aeropuerto.

–Voy en seguida– fueron sus últimas palabras, porque nunca llegó al aeropuerto.

UN DÍA DESPUÉS

Emilio José no había dormido en casa y se le notaba cuando llegó a trabajar el lunes: los pantalones arrugados, la camisa con un ligero recuerdo a una noche en una discoteca, los zapatos sin brillo, el cansancio en los ojos, la mente en otro lugar, a pesar de que había dormido lo suficiente y se había duchado en casa de Azucena, echado desodorante y colonia fresca. De los brazos de Azucena pasó directamente a su despacho, por llamarlo de algún modo pues en realidad Emilio José no tenía despacho, sino un hueco en un lado del pasillo, sin otra vista que el calendario que tenía a sus espaldas, muy bonito, con animales y flores, y el pasillo mismo por donde pasaban las secretarias, los secretarios y los jefes. Él ocupaba un puesto intermedio en la empresa y estaba más cerca de los de abajo que de los de arriba.

Aquella mañana se había despertado rodeado por Azucena, medio cuerpo apoyado en el suyo, las piernas enlazadas, las caras muy cerca la una de la otra, y como el despertar fue tan placentero y no había habido interrupción desde la noche anterior en el sentido de que desde su encuentro no se habían separado, no quiso romper el hechizo y procuró usar el cuarto de baño sólo para asearse. Con lo cual, aquella mañana, a su aspecto desaliñado tuvo que añadir un detalle además: que no había hecho de vientre y se sentía muy pesado. Le avergonzaba hacerlo a primera hora, en que se juntaban varios cagones con el periódico bajo el brazo, de esos que no lo hacen antes de salir de casa, sino que tienen que hacerlo precisamente en la oficina. Emilio José, que era muy fino y que nunca iba a los "servicios" hasta después de las 11.30, cuando para entonces ya había consumido dos cafés de la máquina, entonces entraba, hacía su necesidad, después se lavaba las manos y se hacía una revisión delante del espejo del cuello y los puños de la camisa, la posición de los gemelos, la corbata, el cinturón bien centrado, el pelo, etcétera, y siempre salía como nuevo. Pero aquel día entró en los servicios pasadas las diez, temeroso de ser visto aunque en el fondo cualquiera podía pensar que su traje estaba en aquel estado porque había viajado en tren toda la noche o la había pasado en la sala de espera de un hospital esperando el nacimiento del primer hijo de su mejor amigo. Todo podía ser, pero necesitaba hacer lo que efectuaba cada mañana en su casa y que, en la ocasiòn, a causa de Azucena, se había privado de realizar. En fin, que cuando entró, había un empleado lavándose las manos y, detrás, los dos retretes vacíos. En uno de ellos había un periódico tirado en el suelo y preguntó Emilio José si aquella publicación era suya, a lo que el empleado contestó de forma negativa, pensando quizá en que aquel sudamericano rico y mimado era un infiltrado que andaba buscando entre los empleados que se ausentan de sus puestos algún drogadicto, un cara dura, un chiflado, un ladrón, un espía o un contraespía para animar el cotarro.

—Si fuera un cómic, todavía, pero un periódico, no. Yo no leo de esas cosas.

—Está bien— y se detuvo acicalando el pelo hasta que el otro, al cual miraba de reojo sin disimulo, se dio por enterado y salió de los "servicios".

En cuanto se fue, entró en el retrete donde estaba el periódico, con una ganas tremendas de hacer lo que necesitaba, y se aposentó tranquilamente a leer las noticias de deportes, que era por donde precisamente estaba abierto el diario. De pronto, oyó que entraban dos personas cuyas voces al principio no reconoció, debido a que estaba concentrado en retener una fuerte ventosidad que de seguro iba a provocar una risa estruendosa en los lavabos.

¿Y su reputación? ¿Es que iba él a permitir que mancharan su reputación con un sucio juicio sobre su intimidad? No, era mejor aguantar un poco, pero las cosas ocurrieron de un modo muy distinto.

De los dos hombres que entraron juntos en el baño, uno de ellos se percató de que había alguien más en los "servicios" y que callaba para no ser oído, o quizás se trataba de dos empleados que habían enmudecido al saberse sorprendidos *in fraganti* dentro de uno de los retretes, bien por hallarse cometiendo alguna faena o metiéndose en las narices algún polvillo de moda. De hecho, no era la primera vez que un empleado era pillado en el baño fumándose un porro o tomándose alguna pastilla con alucinógenos. Pero Emilio José no pudo más y dejó sonar un estruendo, una barbaridad contenida, que hizo quedarse mudos a los otros.

−¿Quién ha sido el macho?− preguntó uno de ellos a gritos.

Como respuesta, sólo se oyó un lamento.

−Pobre hombre− dijo el otro. −Vamos a dejarlo, no vaya a ser que le dé apuro salir y que lo reconozcamos. Pero, ¿no te fijaste cuando veníamos, que no había nadie en la mesa del sudaca? ¿Y si fuera el Emilio José?

−Jo, no me fastidies, menudo notición.

Un nuevo lamento dejó a los dos amigos callados. La persona que estaba detrás de la puerta, encerrado en uno de los retrete,s podía decirse que estaba mucho peor de lo que parecía; es más, aquello sonó a queja.

−¡Aaagg…!

De los dos, el más corpulento se acercó a la puerta y, anunciando "voy a derribarla", empezó a empujarla con el hombro y el brazo, hasta que tuvo que hacer uso del pie y abrirla de una patada, haciendo caer la cerradura al suelo. Los tornillos rodaron, se perdieron por todas partes y uno de ellos fue a dar a los pies mismos de Emilio José, quien con los pantalones por las rodillas se aparecía como un animal a punto de entrar en el matadero. Estaba pálido.

−¿No te encuentras bien?− inquirió el corpulento en tono de guasa. Pero como el otro no podía articular palabra pues parecía que estaba a punto de babear, cambió el tono y manifestó su preocupación.

Emilio José hizo ademán de levantarse, pero le fallaron las piernas. En un instante vinieron a su cabeza recuerdos borrosos de la noche anterior con Azucena, la cantidad de licores que tomaron después de la cena hasta entrar en acción, seguido de lo de siempre, lo que todos se imaginan que hace una pareja por la noche después de una cena con vino y licores. Un fuerte flato le produjo un dolor en el costado izquierdo tan grande que pensó que podía tratarse de un infarto y haciendo un esfuerzo se incorporó y fue hasta un lavabo arrastrando los pantalones por el suelo y metió la cabeza bajo el grifo de agua fría.

–Llama a alguien de Personal.

–Voy– y salió (el menos corpulento).

Al rato había concentradas unas veinte personas alrededor de Emilio José tratando de darle ánimos y exponiendo teorías médicas inventadas, y el enfermo escuchaba y no escuchaba; a veces se le iba la cabeza.

–Yo digo que es un aire– dijo uno de los espectadores.

–Eso– susurró otro al oído de alguien que tenía muy cerca –no es otra cosa que drogas. ¿No te has fijado que hoy ha venido como desencajado? Se ha drogado el fin de semana y ahora lo paga aquí.

–¡Fíjate cómo es!

Por fin llegó el médico de la empresa, que hacía un turno de once hasta el mediodía, y despejando la sala se quedó a solas con Emilio José y el corpulento.

–¿Has bebido?

–Lo normal.

–No, digo que si has bebido y fumado.

–Un puro y un par de copas.

–Eso lo veremos.

Y al poner de pie a Emilio José, éste suspiró y poniendo los ojos en blanco cayó al suelo como una princesa desmayada. No recuperó el conocimiento. Pasó directamente a la UVI y a los pocos días al cofre de las cenizas, sin que nadie reclamara nada de lo que había dejado. Sólo las llaves del coche, las del apartamento no aparecieron y nadie se interesó en rebuscar información. Además, en la empresa había un sustituto listo para cuando le fueran a dar la patada en el culo, gesto que se había demorado mientras el sustituto terminaba sus vacaciones en una playa del Caribe.

AQUEL ROSTRO

Veía su cara frente al espejo. Me observaba. Bajé la vista y me volví para evitar aquel rostro, pero seguía allí, inmóvil. Busqué mi revólver y me contuve. Cerré los ojos durante unos segundos y al abrirlos no vi nada en el espejo. Disparé seis veces. Las balas rebotaron en las paredes.

El olor a pólvora me hizo volver en mí. Estaba abatido, en el suelo, cubierto de sudor. Las venas, hinchadas, aparecían verdes, como la luz de aquella estancia húmeda.

Al levantarme, vi que en el suelo yacía alguien. Me acerqué. Dormía con la boca abierta, pegada a la alfombra, con las ropas arrugadas y pegadas al cuerpo.

Toqué aquel cuerpo. Estaba frío y sin embargo respiraba. Hondamente. Podía oír su respiración. El pelo le cubría el rostro. Lo retiré de su cara y pude ver quién era. Era el mismo rostro que había soñado en el espejo. Pero sus ropas, aquellas ropas de hombre, no las recordaba.

Habíamos cenado aquella noche. Luego, una vaga sensación nos hizo volver. No sé a dónde. Ni siquiera recordaba que aquellas botellas vacías tiradas por los rincones eran las que nos habían hecho sumirnos en aquel estado de embriaguez. Eran de ginebra. Pura. Transparente.

A las diez ella se levantó, me besó y se fue. Nunca más la volví a ver.

UN EJECUTIVO LIBRE DE TODA SOSPECHA

Había sobrepasado la barrera de los treinta y aún se encontraba en plena forma física. Su carrera lo había llevado a ocupar un gran despacho enmoquetado, con escritorio de madera labrada, equipo completo audiovisual y un gran ventanal que daba a un jardín comunitario. Era un tipo de cuyo futuro ya habían dudado los profesores del colegio, pero la suerte con las mujeres y su labia le permitieron mariposear y llegar a grandes zancadas hasta la meta que se había marcado. A pesar de que su condición no se lo permitía, consiguió dar esa imagen de ejecutivo moderno con mucho porvenir por delante.

En su currículum no contaba lo que hizo entre los quince y los veinticuatro años. Pero a partir de los veintiséis, ocupa distintos cargos hasta ascender a director de cuentas de una multinacional de la publicidad y el puesto le permite codearse con gente de cierto nivel económico. Llegó a conocer a muchos famosos y con alguno llegó a entablar algo más que una amistad. Asistía a todos los cócteles y siempre se lo veía, copa en mano, entre los grupos más animados de las fiestas.

A pesar de lo bien vestido que iba, nadie sospechó nunca que durante muchos años vistió con los mismos trajes, tocados con ligeros arreglos caseros. Porque era un donjuán y estaba siempre muy atento a su aspecto físico, aunque se vistiera con ropa pasada de moda.

No se casó y desde muy pronto conoció en la intimidad a más de una esposa de alto ejecutivo, llegando sus jefes a llamarle la atención en no menos de una ocasión.

Sin embargo, aunque en el fondo le habría gustado ser un auténtico playboy americano, codearse con la aristocracia y ligarse a una de esas princesas o duquesas de ajetreada vida social, no estaba descontento con su situación. No podía ni debía quejarse; los buenos estudiantes de su clase, pensaba a veces, estarían no se sabe dónde, quizá escondidos tras una fila de probetas de cristal o un tablero de chips electrónicos, se morirían de envidia si lo vieran ahora al volante de su vehículo como un señor. Sabía que los otros no habían tenido tan buena suerte como él.

Del pasado no hablaba nunca, pues su familia ocupaba el lugar de la trastienda de su vida. Además, el puesto al que había llegado le impedía regresar a aquel escalafón que él consideraba tan bajo. Pero su madre era la que le hacía los arreglos en los pantalones y en las chaquetas pasadas de moda, y la que iba una vez a la semana a limpiarle el apartamento. A su progenitora no le importaba hacerlo porque estaba, como cualquier madre, muy orgullosa de su único hijo y nunca comentó nada sobre la ropa interior de mujer que encontraba en el fondo del armario o perdida entre las sábanas.

Fue un día de agosto cuando las cosas giraron casi 360 grados. Eran las seis de la tarde y no había nada que hacer en la oficina porque el gran jefe se encontraba de viaje. La mayoría de los empleados estaba de vacaciones y los pocos que quedaban hacía una hora que se habían marchado a sus casas. A esa hora entraban las mujeres de la limpieza y aquella tarde se presentó sólo la más joven.

–¿Se puede?– dijo ella, asomándose en la puerta. —Estoy yo sola, porque mi compañera está mala y…

–Sí, sí, adelante. Pero no sé cómo vas a poder arreglártelas tú sola.

A la mañana siguiente llegaba nuestro ejecutivo media hora antes a esconder la botella vacía de vodka y ordenar cosas que no recordaba cómo quedaron el día anterior.

Dos meses más tarde una noticia conmocionaba a todos los empleados de aquella agencia de publicidad. El director de personal acababa de poner de patitas en la calle al botones por violar a una de las mujeres de la limpieza. En los pasillos y en los despachos no se habló de otra cosa durante tres días.

El chico era un degenerado y, por supuesto, un drogadicto que se había aprovechado de la pobre mujer. Algunas secretarias afirmaron que aquel desgraciado las había desnudado con la mirada en más de una ocasión y que con gente de esa clase había que tener mucho cuidado.

La dirección de la empresa se hizo cargo de la joven y se ocupó de todo, antes de que a ella se le ocurriera poner una denuncia en la Policía. Pero mientras el bulto estuvo escondido, el verdadero violador, libre de toda sospecha, anduvo dándole vueltas a la cabeza, a medida que avanzaba el estado de la joven. Un día lo llamó el director general.

–Te encuentro muy pensativo.

–Estoy pensando en irme a Estados Unidos.

–Si no sabes inglés.

–Que se haga cargo la empresa.

La corbata de seda que llevaba aquel día el joven ejecutivo era regalo de la esposa del director. Era una corbata de firma que contrastaba con su atuendo, que dejaba ver a las claras que la persona que la había elegido tenía más gusto que el que la portaba. Pero el director sentía mucha simpatía por aquel joven triunfador que tenía ante sus narices y olvidó por el momento a la coqueta de su esposa, pues él también flirteaba cuando la ocasión lo requería.

–Ahora hay una posibilidad de que te vayas– dijo tras un breve silencio.

–Acepto.

–Entonces mandaré un télex para avisarles, pero tendrás que hacer un curso de inglés intensivo.

–Lo que haga falta.

Para el director era un alivio que se fuera. Ahora se le presentaba el momento de vengarse de su esposa con una de las secretarias más jóvenes que se había incorporado hacía poco tiempo. Las cosas iban a salir a su modo, se iban a acabar las cenas con amigos en casa y no pensaba poner los pies en el chalet más que para dormir.

–Tu entrenamiento durará dos años– le comentó el director al día siguiente.

—Los que sean.

Cuatro semanas más tarde, salía un *jumbo* con destino a Nueva York, con un ejecutivo de brillante porvenir dentro. Cuando lo vieron, las azafatas se dieron un codazo.

—Ése para mí— dijo una de ellas.

—Tú sabrás, yo me quedo con el piloto de los bigotes. Prefiero malo conocido que bueno por conocer.

Pero el billete de avión era sólo de ida y el ejecutivo no volvió nunca más. Su aprendizaje del idioma fue tan desastroso que los directivos de las oficinas principales, dándose cuenta de lo que les llegaba y el gasto que les iba a suponer hacer carrera de aquel joven, le despidieron sin ningún tipo de reservas.

El joven acabó sus días de camarero en un restaurante regentado por una puertorriqueña con la que al principio convivió, pero ésta, harta de los caprichos del joven con aire de noble, le puso en la calle sin darle ninguna explicación ni una indemnización.

La mala suerte le acechó en una esquina de una de las avenidas de Manhattan, cuando se disponía a cruzar y un *yellow cab* se lo llevó por delante, dejándolo seco ante la mirada escéptica de los transeúntes.

En cuanto a la joven, que había parido un hermoso bebé igualito a su padre, el día del atropello, en el preciso instante del choque, estaba friendo patatas y se le cayó el aceite en una zapatilla. Por suerte no sufrió quemaduras, pero se quedó pensando en aquel hombre que se bebió de un trago una botella de vodka y la poseyó sobre la mesa de madera labrada que tantas veces había limpiado con el trapo. Había pasado tanto tiempo, el hijo era tan hermoso y la compañía se había portado muy bien con ella ofreciéndole una buena suma de dinero por su silencio, que lo olvidó en seguida y fue a buscar la fregona para limpiar la mancha del suelo.

NATIVEL

Nativel era una señorita muy fina, coqueta con los hombres, que vestía siempre a la última. Sin embargo, en privado tenía la costumbre de oler sus heces después de cagar. Por la cosa "biológica", según ella. Porque era algo que salía de su cuerpo y ella debía saber qué textura tenían, color y olor. Cuando hacía dieta de fresas, por ejemplo, se entretenía en comprobar que cagaba con olor a fresa, o cuando estaba una semana a yogures comprobaba que la caca salía amarilla, como la de los niños pequeños, y como si saliera de un tubo de pasta de dientes; es decir, no en chorizos, sino toda seguida.

Una vez que se hallaba fuera de su casa, le sobrevinieron unas ganas tremendas de defecar y fue a un servicio público, con tan mala fortuna que éste carecía de pestillo. La cosa sucedió del siguiente modo: mientras estaba olisqueando en el papel higiénico sus restos, entró otra señorita con mucha prisa y sin saber que el retrete estaba ocupado, y al abrir la puerta, le dio en todas las narices a Nativel.

Nativel que era fina y tenía buenos modales delante de todos, se avergonzó de que alguien la viera con los *panties* a mitad del muslo y se dio toda la prisa que pudo en subírselos y salir, no sin antes tirar de la cadena, cosa que nunca olvidaba.

Afuera, en el lavabo, se encontró con una vieja amiga del colegio, Miriam, y ante la sorpresa de aquel encuentro, se olvidó de mirarse en el espejo. La amiga la abrazó y notó que Nativel tenía un poco de olor, pero no le dio importancia y pensó que la culpable debió ser la persona que entró antes, pues su amiga era tan pulcra que era imposible que hiciera caca.

Salieron las dos del lavabo de señoras y fueron a encontrarse de frente con el marido de Miriam y otro hombre por el que Nativel sintió una gran pasión en su juventud.

—Se te ha pegado algo a la nariz— le dijo el apuesto caballero, pensando que quizás a Nativel se le estaba pelando la nariz o había comido un perrito con mostaza y se le había incrustado una zurraspa.

Nativel, que no tenía por costumbre sacar su espejito para mirarse una posible legaña, una pestaña o un punto negro de rimmel, y temiendo que si se tocaba la nariz se le podía salir el maquillaje, se quedó como estaba, pero el hombre se aproximó más y vio una lombriz blanca.

—Llevas un cacho de mierda en la napia.

Nativel oyó aquellas palabras y experimentó dos cosas. Primero, se le fue el enamoramiento porque pensó que aquel tipo era un grosero que utilizaba palabras soeces. Y en segundo lugar, se puso roja como un pimiento y se acordó no sólo del portazo en los servicios de señoras, sino que, además, en los últimos días había sentido que tenía el estómago raro y que debía hacer régimen. Pero, ¿lombrices a su edad? Si desde pequeña no se le habían presentado, y quizás desde entonces había adoptado la costumbre de observar la caca por si volvían a aparecer aquellos animalillos. Y como el tipo dejó de interesarle, se le fue la preocupación por su nariz y pensó en sus intestinos. ¿Lombrices? ¿Y cómo las habría cogido, por contagio?

Miriam, dándose cuenta de la tragedia, agarró del brazo a su marido y le dijo que tenían que salir pronto porque si no, no llegarían a la sesión de las siete.

—Nos vamos al cine— mintió, apenada por su amiga, a la que hacía tanto tiempo no veía, y le prometió que la llamaría.

Nativel salió precipitada, sin limpiarse la nariz, y se fue a una farmacia a comprar un jarabe contra las lombrices.

TEMORES

Salí, como cada noche a las doce, a sacar al perro a darse el último paseo del día. Bajé las escaleras a oscuras. Veía la calle mojada por la lluvia y, en frente, entre los árboles, sentada en un banco, la figura de un hombre. Crucé la calle y en ese momento vi que el hombre se ponía de pie. Las piernas se le doblaban. Era una mezcla de agresividad y flaqueza tambaleante, posiblemente de una borrachera. En una mano llevaba una de esas bolsas de plástico que dan en los supermercados para llevar la compra a casa. Era una bolsa amarilla. La figura del hombre era oscura, casi negra. Parecía acercarse a mí. Había coches aparcados y me fui por detrás para evitar encontrarme con el tipo de frente. El perro no se daba cuenta y tiraba de mí en dirección de aquel hombre. Tiré fuerte de él y lo dirigí poniéndole el pie en el cuarto trasero: el animal no comprendía nada.

El hombre se metió entre dos coches estacionados en batería y yo me alejé y salí del aparcamiento. Me fui hacia los árboles, el hombre cruzó y lo vi en la acera de enfrente. El bar de al lado del portal de mi casa tenía luz todavía. En la puerta se dibujaba, a contraluz, la figura del camarero.

Seguí caminando con el perro, atado de la correa, de árbol en árbol. Volví la cabeza para ver al hombre de la bolsa amarilla. Ya no estaba.

Un hombre joven con barba, de gran estatura, se cruzó en mi camino. Me pareció sospechoso y tiré del perro para evitar un encuentro cara a cara. Pasamos a buena distancia uno del otro. Lo seguí con la mirada, disimuladamente. Se fue a sentar a uno de los bancos del parque.

Era medianoche y había llovido, la calle estaba oscura y vacía. La actitud de aquel tipo, solo, me parecía muy extraña. Casi no me dio tiempo a pensar en más cosas. El joven se sentó un momento en un banco y luego se levantó y se fue caminando en sentido opuesto.

Di por terminado el paseo, crucé la calle y entré en casa. La puerta del portal estaba ligeramente entreabierta. La cerradura suele estropearse muy a menudo y por eso, a veces, no cierra bien. Adentro todo parecía tan oscuro como en la calle. Di al botón de la luz y de pronto pensé si no se habría colado aquel hombre de la bolsa de plástico por el portal a medio abrir. Subí las escaleras corriendo. Oí voces que llegaban del interior de la portería. El portero y su familia estaban aún despiertos. Podría gritar y ser oída.

Entré en el montacargas, que es el ascensor reservado al servicio, cosas pesadas y perros. Entre el piso segundo y tercero me pareció oír un ruido. Al llegar al tercero, el ruido era real: alguien subía las escaleras apresuradamente. Temí que fuera el hombre de la bolsa amarilla. El tipo podía ir más rápido porque el montacargas es un ascensor muy lento.

Pasando el cuarto piso, oí sus jadeos. Mi corazón empezó a latir con fuerza. Quién llegaría antes al séptimo, mi piso. Si yo, entonces estaba salvada. Y si él, entonces no tendría tiempo de llegar hasta mi apartamento y abrir la puerta, pues me atraparía.

En el quinto piso, el hombre parecía perder ventaja. Su respiración era cada vez más fuerte y parecía que iba a caer agotado. Llevaba zapatos de goma, que hacían silenciosos sus pasos y, sobre todo, le permitían ir más rápido.

Entre el quinto y el sexto se paró. Debió descansar, quizá pensando en que todavía quedaban más pisos y con la confianza, incomprensible y a la vez comprensible, de que yo no gritara. Y es que había enmudecido presa del pánico.

Entre el sexto y el séptimo lo volví a oír. Había reanudado la subida y esta vez era más rápida. Subía las escaleras de dos en dos y de tres en tres. Yo temblaba pensando en que no me daba tiempo a correr desde el montacargas a la puerta de mi apartamento.

Era el apartamento D, justo el más cercano a las escaleras. El montacargas se detuvo en el séptimo. Abrí la puerta rápidamente. El perro salió, como siempre, delante, y al intentar yo correr, me enredé las piernas con la correa. El animal tropezó y yo caí encima suyo. Todo fue muy rápido. Abrí los ojos y vi unas botas viejas negras delante. Me levanté y lo empujé hacia atrás con una fuerza desconocida en mi. El tipo cayó al suelo y fue el momento en que pude entrar en mi casa.

Había sido una noche turbadora. Al día siguiente, lunes, tenía que ir al trabajo. Un trabajo que odiaba. Aunque podría faltar, con la excusa de haber sufrido un intento de violación. Si fuera masoquista, recordaría aquella noche con más gusto que el rutinario y alienante trabajo de cada día.

UN MATRIMONIO CON VISTA

En el establecimiento habría unas diez personas, sin contar empleados. En los mostradores se exhibían, bajo llave, las marcas caras y fuera, en un expositor que ocupaba toda la pared del fondo, estaban colocadas todas las gafas de sol con los diseños más sofisticados que había y de todos los colores. Había gafas con las lentes redondas y la montura en forma de pétalos; otras con rayos simulando dos soles; las había de la temporada pasada y de la anterior, y también tan modernas que parecían de un futuro muy lejano. Esto era lo que más atraía a los clientes, que se las probaban divertidos para ver con cuáles podían causar más sensación. A su lado, precedida por una mujer de edad con bata blanca, había una mesa, un ordenador y un aparato para medir la visión. Frente a la mesa, una pareja joven aguardaba, sentada en las dos únicas sillas que había, a que les trajeran algo. Del fondo del local salió una joven con bata blanca que traía unas gafas tremendas, que colocó sobre la mesa del ordenador.

De pronto una voz hizo volverse a todos los que allí estaban.

–¿Yo, gafas?

La joven que estaba sentada dio un brinco de la silla y se llevó las manos a la cabeza.

–Nunca podré ser azafata.

Su novio la tranquilizó.

–No te preocupes, mi amor, que todo tiene arreglo– y dirigiéndose a la doctora, le preguntó: –¿Y lentillas? ¿Puede usarlas?

–Claro, pero no podrá volar…

Un grito de dolor interrumpió la frase de la doctora. El novio se puso en pie y trató de calmar a su novia, enrojecido de vergüenza por el número que estaba montando delante de tanta gente y recordó de pronto a su madre diciéndole: "María Eugenia no te conviene." Cuánta razón tenía y qué deseos le entraron en aquel momento de escapar de allí.

Una hora más tarde se encontraban en el autobús, encaramados a la barra del techo, rodeados por todas partes de estudiantes gritones, trabajadores de vuelta de la oficina, gente que salía del cine, de compras, de visita. Manuel Eduardo no decía nada, sólo miraba de reojo a su novia con las gafas puestas. De pronto hizo balance de todo el tiempo y el dinero que había gastado con ella, incluso aquellas gafas, y eso que se lo había advertido su madre, y ahora se encontraba con que tenía que romper su noviazgo. Al principio se asustó de una decisión tan repentina, pero veía sonreír a la madre y se convencía aún más de su resolución.

–Te voy a dejar– le musitó al oído.

–¿Qué?– graznó ella. –¿Ahora que me han puesto gafas me dejas? ¿Pero no oíste a la doctora que puedo usar lentillas?

–Sí, pero me has asustado con tu reacción– vociferó él, harto de ser siempre el que llevaba las de perder, el que lo aguantaba todo.

En realidad, Manuel Eduardo había estado tentado más veces de abandonar a María Eugenia, pero aquellas voces en el establecimiento no podía soportarlas. Todavía le retumbaban en el oído. Además, estaba harto de que ella sólo se preocupase del físico. ¿Y cuando envejeciera, qué iba a quedar de ella? Había sido muy desconsiderada con él en la óptica gritando delante de todos, y él, que estaba camino de convertirse en un ejecutivo de alto nivel, ¿cómo iba a presentarse en sociedad con una mujer que no sabía controlarse y gritaba como si se hubiera declarado un incendio?

–Haz lo que te dé la gana. Ya no me importas. Desde este momento, eres libre.

La estaba oyendo decir con toda tranquilidad que ya no le importaba y que era libre. ¿Libre, después de cinco años? Fantástico, la idea le pareció sensacional, por delante se le abría un camino nuevo y podía conocer otras chicas. Sí, quedaría el cariño como recuerdo, pero ahora lo más importante eran él, su carrera y su querida madre, tan sola, tan preocupada por él, tan lista, que se dio cuenta de cómo era María Eugenia hacía mucho tiempo.

La despedida en el portal fue muy rápida porque ni ella se creía lo que estaba pasando por la cabeza de Manuel Eduardo. Cuando éste llegó a su casa fue hacia su madre, extendió los brazos en cruz y mientras se le acercaba dispuesto a abrazarla exclamó en voz alta: al fin libre. La madre se puso, obviamente, muy contenta y le propuso que salieran a cenar fuera para celebrarlo. En la cena, Manuel Eduardo bebió bastante vino y se disparó, le contó a la madre todo lo que ella deseaba oír, amparado en su estado de embriaguez y cuando ya estaban en los postres y él acabó su monólogo, la madre le confesó que tenía preparada una sorpresa y que hasta esa noche no había tenido ocasión de contarle.

–Mañana viene tu prima Angelita.

–¿Cuál, la enfermera?

–No es enfermera, es doctora. Doctora en Oftalmología.

Y Manuel Eduardo se tragó del susto el helado con la cuchara, se atragantó, y se cayó al suelo de espaldas con silla y todo. Empezó a ponerse rojo, congestionadísimo, luego morado, abrió la boca, la madre no se dio cuenta, creyó que era el vino y fue a pedir agua al camarero que debería estar pero no estaba, y cuando llegaron adonde estaba su hijo lo encontraron frío. A la madre por poco le da un soponcio y por suerte pudieron reanimar al hijo y llevarlo en ambulancia a un hospital y extraerle la cuchara.

Manuel Eduardo permaneció varios días en observación, curándose la herida de la faringe y su prima Angelita, que ya había llegado y estaba viviendo en su casa, lo cuidó como si fuera su hijo y de aquellos cuidados nació un amor que culminaría en boda, dos hijos sanos y fuertes, y colorín colorado, este cuento ha terminado.

LA FARMACÉUTICA

Celia se había enamorado de un hombre diez años más joven, que vivía en el piso de arriba. No era la primera vez –ni sería la última, pues ella no estaba destinada a formar precisamente una pareja perenne, o estable– que se veía presa del dios Cupido. La sensación no le resultaba nada desconocida: tenía dos, tal vez tres modos de reaccionar frente a situaciones como ésta, según el tipo del que se tratase, y un final preparado mentalmente para el fracaso, por si la historia moría.

Pero no sabía el nombre de su vecino, ya que era uno de esos *neighbours* despistados que no ponen la tarjeta con el nombre en el buzón y no hay quien se entere de quién es ni en qué piso vive. Celia sabía que vivía en el octavo, pero no en qué letra. Así que, hasta obtener la información, anduvo tonteando entre el ascensor y las escaleras, haciéndose la despistada para sorprender al vecino en la entrada de su casa, o también mirando por la ventana arriba, por si estuviera asomado, hablando en voz muy alta para ser oída, cantando para ser oída. En el fondo, lo que estaba haciendo no era otra cosa que representar un papel ante un público inexistente, que, en caso de haberlo, le habría dado exactamente igual si el idilio se consolidaba o no.

Celia tardó tres semanas aproximadamente en enterarse de que su vecino se llamaba Pedro, tenía un perro, trasnochaba y dormía hasta el mediodía, vivía en el octavo A y no se le conocía novia fija.

—Ahora que tengo despejado el camino para llegar a él, voy a emplear una de mis tácticas– se dijo cuando fregaba los platos con un whisky con hielo al lado.

Y se imaginaba que él entraba en la cocina y se le acercaba sigilosamente por detrás y le rodeaba la cintura con sus brazos y metía su boca bajo el moño y le susurraba palabras en la nuca.

Entonces, en cuanto sentía su aliento ahí atrás, ella se volvía y lo abrazaba con sus antebrazos, pues tenía las manos metidas en guantes de goma, la sartén en una mano y en la otra un estropajo de aluminio, y así comenzaba él por desatarle el delantal, quitarle muy lentamente las prendas de vestir, lanzándolas hacia cualquier parte, hasta que la sartén y el estropajo se escurrían y caían al suelo y ella quedaba como una *starlette*, medio desnuda y con unos guantes de goma rosas ajustados hasta el codo.

Éste era uno de los muchos entretenimientos mentales que tenía al finalizar su jornada tras el mostrador protegido de una farmacia del Centro.

Pero aquella noche se dijo "no voy a esperar un solo día más a que él conozca mis intenciones" y se presentó en su casa sin ton ni son.

—Riing… Ring.

Antes del segundo *ring*, el vecino abrió la puerta. La casa o lo que se veía de ella estaba a oscuras y él parecía como salido de las tinieblas, igual que quien es sorprendido cometiendo una fechoría y sale a la luz con mucha cautela.

—Hola, Pedro, soy tu vecina de abajo.

Pedro suspiró aliviado, pues la presencia de Celia, tan inofensiva e ingenua, al fin y al cabo una vecina, no se parecía en nada a lo que se estaba temiendo en el momento en que sonó el timbre de la puerta.

Podía haberse tratado de un policía, por ejemplo, aunque en ese preciso instante no estaba cometiendo ningún delito, únicamente estaba a solas en su propia casa, bebiendo a oscuras y con música de fondo. En una palabra: estaba tirado.

—Verás, yo hago encuestas y quería hacerte una. ¿Puedo pasar?

Una vez dentro de la casa, se encontró con una nube de humo densa y dulzona, pegajosa, que planeaba en la habitación, y sintió un poco de asco. Pero él, Pedro, al que había deseado durante tanto tiempo, estaba allí delante de ella, no era el tipo que había soñado, ahora lo tenía cn frente y estaba sin afeitarse, con aspecto enfermizo en aquel ambiente tan descuidado. "Necesitaba una mujer", pensó.

–¿Una cerveza?

Celia no bebía casi nunca y menos con el estómago vacío. No había merendado y hacía ya bastantes horas que no probaba nada desde el mediodía.

–No estoy acostumbrada– le respondió con toda la educación del mundo. –Sin embargo, acepto una.

Y fue su perdición. A partir de ahí, él se adueñó de la situación viendo a una mujer mayor que él que le había mentido, que había inventado aquella historia de las encuestas, pues sabía por el correo que Celia trabajaba en una farmacia, y de hecho conocía a un par de amiguetes que habían hecho una incursión precisamente en aquella farmacia del Centro.

Celia sentía un olor extraño, pero a pesar de que al principio empleó todas sus armas para resistirse, finalmente cedió y quedó encantada de lo que había hecho.

Esto se repitió durante varios días más, hasta que un día sonó el timbre y Celia fue a abrir y se encontró en el umbral de la puerta a una joven explosiva vestida con un traje negro de cuero y muchas cadenas plateadas alrededor del cuello, cintura y muñecas. Era rubia platino, evidentemente que teñida, llevaba los labios exageradamente pintados de rojo, las pestañas postizas con una capa tan espesa de rimel que costaba imaginarse cómo podía aguantar el párpado aquel peso, y un cigarrillo en boquilla. Una de la piernas estaba apoyada contra la pared, dejando al descubierto un liguero de color violeta y unas medias negras con una carrera. Celia pensó que se había equivocado.

–Deja en paz a mi novio o te rajo, buscona– le dijo la otra con voz ronca. –Pedro es mío, ¿te enteras?

No, estaba claro que no se había equivocado. Que era la novia de Pedro, y ella como una tonta, sin enterarse. Claro, cuando regresaba de trabajar en la farmacia y subía a visitarlo, pasaba con él un par de horas, lo máximo tres, y, como muy tarde, hacia las doce de la noche, se volvía a su casa a dormir. Momento que el otro aprovechaba para irse a vivir la vida a su manera: con una mujer de su edad que no se vestía de un modo convencional sino con cosas atrevidas, con ganas de vivir con riesgo, afrontando cualquier peligro, buscando el peligro, sorteando obstáculos, y no una mujer con la vida resuelta y cómoda como la de Celia. Un duro golpe del que le costó unos días recuperarse, del dolor de haber hecho el ridículo y, lo peor: haber hecho aquello con un vecino al que podía seguir encontrando en el ascensor en cualquier momento y al que era difícil de evitar. Tuvo suerte porque el vecino se cambió de casa tres meses después y ella no volvió a tentarse nunca con hombres más jóvenes que ella.

CARAS Y MÁSCARAS

Anselmo Garrido llevaba trabajando en la empresa más de cinco trienios. Entró como artesano en El Pobre Marco cuando contaba veinte años y desde entonces no había vuelto a cambiar, cosa que hizo con frecuencia desde que a los dieciséis empezara a trabajar como aprendiz en un taller de modelado en arcilla. Pasó por dos talleres en menos de un año, entró en una tienda de juguetes, después volvió a otro taller, hasta dar con el hombre que lo descubrió, Alfredo Montesinos, y empezar a trabajar en El Pobre Marco.

El Pobre Marco era un pequeño negocio familiar heredado por doña Virtudes Ruiz, madrina de Alfredo, dedicado a la fabricación de artículos de broma. No obtenían grandes ganancias pero no dejaba de ser un pequeño quehacer para doña Virtudes, que regentaba el local y obtenía algunos beneficios. El trabajo allí no era nada extenuante, salvo en los meses de verano, cuando más calor hacía, y debían preparar la campaña de Navidad.

Anselmo modelaba caretas de monstruos deformes, pies espantosos con muchas verrugas y callos, y luego los coloreaba. Era una labor muy creativa donde Anselmo debía poner todo su ingenio para sorprender al posible comprador. Tenía mucho éxito, y en Navidades y en carnaval acudían muchos niños a ver la exposición de artículos de broma y señalaban con admiración, espanto y risa aquellas manualidades del artesano Anselmo.

Este hombre soltero, solitario, infeliz, sabía solamente encontrar refugio en su trabajo y a él le dedicaba todo su tiempo. Volvíase el buen hombre a su casa recorriendo con su vista todos los escaparates, sacando ideas de aquí y de allá, dibujándolas primero en un cuaderno y valiéndose después de materiales baratos o de desecho, papel mojado, periódicos arrugados, hasta que un buen día doña Virtudes metió a un sobrino en el taller para que ocupara el puesto de Anselmo. La razón que le dio la jefa fue que el chico era joven y tenía ideas muy modernas y conocía el gusto de los chavales por los monstruos convencionales de la televisión y del mundo del cómic.

Anselmo fue relevado a la planta donde se hacían mocos y cacas. Y aquí comenzó el declive de Anselmo. Las cacas eran todas muy parecidas, y aunque él propuso incrustar lombrices y restos de comida, como pieles de tomate, doña Virtudes se negó y exigió que fueran todas de masa uniforme, del tipo duritas, y en unos colores determinados. Con los mocos, Anselmo se echó a llorar. Eran o los clásicos velas de plástico o los en pompa. La vida, por tanto, empezó a tornársele dura a Anselmo. A pesar de que no era un hombre viejo, lo parecía por su forma cansina de andar y su aspecto abatido. Comenzó por encorvarse y caminar cabizbajo, triste y pensativo. No veía nada claro su futuro en El Pobre Marco y daba por sentado que los mayores beneficios económicos se los debían a él, aunque él nunca hubiera exigido una compensación económica. Solamente ahora le venía a la memoria el recuerdo de aquellas exposiciones llenas de niños que lloraban y reían por sus caretas y la falta de reconocimiento a su trabajo.

Alfredo, su amigo, le dio la espalda y una tarde lo sorprendió hablando con doña Virtudes, delante del sobrino, de cómo iban a hacer para jubilarlo. Lo que peor sentó a Anselmo fue la presencia de aquel sobrino intruso en esa conversación.

Si antes caminaba altivo, paseando la nuevas caretas de superhombres del espacio delante de Anselmo, ahora no le iban a hacer falta para restregarle por sus narices que era un hombre acabado.

Anselmo no sabía a dónde ir. Le daba miedo regresar a su casa y ser visto por la portera y los vecinos como un perdedor.

Erró por nuevas calles y se cruzó con millares de personas. Nadie reparaba en él. La gente caminaba de prisa con la frente bien alta, sorteando coches detenidos por los atascos; vio que los automovilistas eran ajenos a su desgracia, podía oír el ruido de sus radios a través de las ventanillas cerradas. Vio multitud de caras nuevas que enseguida convirtió en monstruos.

Una niña le tiró del abrigo a su madre y preguntó:

—Mami, ¿no le das dinero a ese pobre?

Pobre, se arrepintió Anselmo, pobre de mí. Y pobre de Marco y de doña Virtudes y del mequetrefe y de todos; pero lo que había dicho la niña se le había clavado como una espina en el corazón.

Entró en un bar muy sucio, pisando la alfombra de conchas de mejillones, servilletas de papel, palillos mondadientes y colillas apagadas, y fue a sentarse a la única mesa vacía. A su lado, un grupo de tres personas hablaba gesticulando con los brazos entre sorbos de vino y ataques con palillos a la tortilla mal cortada, desvencijada de patatas e hilos de huevo crudo. "Si no se pone remedio, seremos nosotros los que destruyamos a la naturaleza", los oyó decir. ¿Y toda esta basura?", dijo uno de los locutores señalando al suelo con el palillo, "¿sabéis a dónde va toda esta basura? Pues al mar." Los otros se llevaron las manos a la frente y con la boca hicieron una exclamación de sorpresa.

Anselmo se divirtió con la conversación y cuando por fin el camarero se dignó a atenderle, le pidió una jarra de vino de la casa. A su regreso, puso la jarra en la mesa, no sin antes pasarle una bayeta de color gris, un vaso y un platito con aperitivos variados: avellanas, maíz y cacahuetes. Parecía el resto de otros aperitivos. Restó importancia al detalle y comenzó a beber y a acalorarse, porque no tenía costumbre de beber. El trío ecologista se fijó en él y le hizo una seña para que se uniera a ellos.

¿Te gustaría participar con nosotros en mítines? Anselmo no sabía nada de mítines porque se había aislado del mundo tras de sus caretas. Pero la propuesta parecía una invitación a salvarse, ahora que se veía prácticamente en la calle con la hoja del despido y unas perras en el bolsillo.

Aceptó. Estaba abriendo los ojos. Les contó su trabajo y ellos, que al principio hablaban mucho y no le hacían demasiado caso, se quedaron atónitos con su historia. Eres el hombre que necesitamos, le dijeron casi al unísono, con unos golpes amistosos en la espalda. Únete a nosotros.

Anselmo empezó poco a poco a hablar en los mítines hasta que el público se fijó en él y exigió que se le diera más voz. Las intervenciones de Anselmo comenzaron, pues, a ganar más oyentes y a alargarse, hasta el punto de que se hizo con un público que se aficionó a sus charlas por el micrófono.

Anselmo se había ganado una audiencia y ello hacía que el grupo ecologista tuviera más seguidores. Se especializó en los residuos y se concentró en el estudio del número de habitantes del mundo y calcular la cantidad de heces que cada día, mes y año depositaban los humanos sobre la tierra. Sabiendo cuál era la población mundial y haciendo un cálculo aproximado de doscientos gramos por habitante, obtenía como resultado de la operación el tonelaje de heces que la humanidad defecaba diariamente.

Pero Anselmo era un hombre muy echado para atrás, sin garra, sin el empuje que se le exige al hombre moderno, y fue comido, absorbido, y cuando el grupo se deshizo porque uno entró como hombre de marketing en una empresa de publicidad, otro como ejecutivo en una fábrica de celulosa para uso doméstico y el tercero se fue a dar la vuelta al mundo, cayó en el más terrible abandono y su soledad lo fue consumiendo día a día.

Se hizo con un bastón para sujetarse, porque ya le resultaba difícil caminar, y cuando cayó en el olvido de sí mismo se perdió de vista y nunca más se supo de él.

Nadie lo echó de menos, ni siquiera el gato que lo acompañó en sus últimos días, el cual se encontró con una gata en celo y se metió a vivir con ella en una casa destartalada en cuyo interior habitaba una mujer de carrito que conseguía llevar todas las noches suculentas sobras de restaurante a sus amados felinos.

LA PITILLERA

Hubo una vez un pobre que vivía como la mayoría de los de su condición de los desperdicios ajenos, perdido como tantos en la gran ciudad, que aprovechaba las colillas –a veces tenía la suerte de encontrar cigarrillos enteros arrojados por alguien que los había encendido al revés y que fumaba tan ricamente tumbado en su banco preferido de un parque–, que rebuscaba en cubos de basura y papeleras, que se tapaba con periódicos para dormir y se alimentaba de sobras de bocadillos, de las meriendas de los niños.

Una noche sucedió que al meter la mano en una papelera tocó una cosa suave y dura que debía estar enganchada con algo porque costaba sacarla. Cuando tuvo el objeto en sus manos y se acercó a una farola para verlo mejor, se encontró con una carterita plana de piel, con un escudo grabado y oro en los bordes. Pero la sorpresa mayor fue al abrirla, porque era una pitillera en cuyo interior había tres cigarrillos. Loco de contento, sacó de su bolsillo unas cerillas y se dispuso a fumar uno; pero al encenderlo el contacto de la llama con el cigarrillo produjo un resplandor seguido de un denso humo azul. El pobre se quedó perplejo mirando aquello, vio cómo el humo se condensaba en forma de una figura y aparecía un genio pequeño vestido con atuendo de otra época, a un metro del suelo, como si estuviera subido sobre una peana invisible. Pronunció unas frases en un idioma extraño, una fórmula mágica quizás, y se presentó como Esclavo de Sus Deseos.

–Pídeme lo que quieras– le dijo; –tienes para pensar hasta que termines el cigarrillo. Cuando se apague me esfumaré.

El pobre hombre comenzó a indagar mientras apuraba las chupadas, estaba tan falto de todo que no sabía por dónde empezar. Mentalmente enumeró sus necesidades más primarias y visualmente las rechazó una a una. Cuando el cigarrillo estaba en las últimas, dijo gritando:

–Quiero ser millonario.

El cigarrillo se apagó y el genio desapareció.

En su lugar había una moneda de 500 pesetas tan brillante que parecía de oro. La recogió –siempre le habían gustado estas monedas–, miró a su alrededor sorprendido, como hipnotizado, y no viendo más que su parcela de parque vacía como siempre se fue a dormir a su banco y se tapó con periódicos.

Al día siguiente recordó la visión de la noche anterior y pensó que se trataba de una alucinación, emprendió su marcha cotidiana de errar por las calles y no bien hubo cruzado más de cuatro calles se topó con un vendedor de lotería. Sin vacilar, le compró un billete mientras el vendedor lo miraba apenado y por sus adentros le deseaba suerte.

Cuando el pobre se guardó el billete en el bolsillo lamentó no haber gastado el dinero en un buen desayuno caliente. Vagó como de costumbre, sin que el día no le regalara más que una buena tromba de agua. Se refugió en el metro hasta la hora del cierre y, por fortuna, cuando cerraron había dejado de llover y pudo volver sin empaparse, pero al llegar a su banco estaba tan mojado que si dormía allí se exponía a agarrar una pulmonía. Buscó refugio deambulando por aquí y por allá hasta encontrar un porche de entrada a una vivienda bastante amplio, donde pudo dormir toda la noche sin ser reclamado por vecinos o policías.

Al despertar con una mañana fría y húmeda, fue al lugar donde había adquirido el billete de lotería. No encontró al vendedor y una mujer le indicó dónde estaba la lista con los premios. Entró en la estafeta señalada y vio en el tablón que su número coincidía con el primer premio. Le correspondían, nada más y nada menos, 25 millones de pesetas. Hasta que no tuvo el cheque del banco en sus manos no dio crédito a lo que le estaba sucediendo.

Una vez convertido en millonario, tomó un taxi, compró ropa, alquiló una habitación confortable en una casa de huéspedes y comenzó a disfrutar del dinero. Antes de tirar la ropa vieja recuperó la pitillera de piel, que guardó en un cajón.

Transcurrieron varios meses hasta que un día cayó enfermo y tuvo que meterse en la cama. La dueña de la casa le subía la comida en una bandeja y le proporcionó algunos medicamentos. Lo cuidaba tan bien que no hizo falta llamar a un médico.

Como ella le prohibió fumar mientras estuviera enfermo y se le había terminado el tabaco, se acordó de la pitillera y encendió uno de los dos cigarrillos que todavía guardaba.

Ocurrió entonces como la primera vez, el resplandor, la humarada y de nuevo el genio a sus pies. Como nada material le faltaba y su enfermedad, aunque no grave sí preocupante, le había producido cierta angustia, pidió al genio una salud de hierro.

Fue apagarse el cigarrillo, desaparecer el genio y con él la fiebre. Se levantó de la cama de un brinco, se vistió y bajó a la calle, ante el asombro de la dueña, más contento que unas pascuas. Fue a una agencia de viajes y como no había estado en el extranjero y tenía ganas de conocer el mundo, sacó un billete para realizar un crucero por el Mediterráneo. Compró lo necesario para el viaje y se embarcó en un transatlántico con piscina. Allí pasó la mayor parte del día tomando el sol y conversando con compañeros de viaje. Conoció muchos lugares, puertos, playas, islas, y cuando la travesía acabó, deseó emprender nuevas aventuras. Le había tomado tanto gusto a viajar que volvió a la agencia y sacó un carnet para viajar en tren por Europa. Recorrió Francia, Italia, Suiza, Alemania y llegó hasta Dinamarca. Como no estaba habituado a gastar dinero se hospedaba en pensiones y comía en los restaurantes más baratos, y el dinero le cundía. Por lo que, después de esta aventura, quiso probar el avión y cruzar el Atlántico.

Estando en Nueva York, una vez se permitió un pequeño lujo y fue a un restaurante en pleno Central Park. Antes tuvo que comprarse un *smoking* porque sin él no estaba permitida la entrada, y como la cajetilla de tabaco abultaba mucho en la pechera sacó la pitillera de piel y la rellenó con cigarrillos.

En el restaurante se sintió como un extraño.

No estaba acostumbrado a comer con mantel y centro con flores y miraba a su alrededor como si hubiera aterrizado en otro planeta. En la mesa que había frente a él cenaban un matrimonio norteamericano y su hija, la joven más hermosa de cuantas había visto en su vida, y durante la cena no hizo otra cosa que pensar en ella. Cuando acabó el postre y se disponía a sacar la pitillera para fumarse un cigarrillo, el maître se acercó y le dijo en tono enérgico, evidente, a pesar de que desconocía el idioma, que estaba prohibido fumar allí. Así que pidió la cuenta y salió afuera, encendió el último cigarrillo de los que originalmente había en la pitillera y esperó al genio.

Esta vez apareció muy risueño y hablaba con tal familiaridad que parecía como si siempre lo hubiera acompañado desde la primera noche.

Corría un poco de viento y el cigarrillo se consumía por momentos, sin embargo él ya sabía cuál era su deseo y no le importaba. Preguntó al genio si sabía cúal era y él movió la cabeza en sentido afirmativo señalando con los ojos el restaurante.

—¿Y por qué estás tan contento hoy?

—Con tu último deseo me dejas libre.

Quiso el hombre saber a dónde iría después, cuando notó que la brasa del cigarrillo ya le quemaba los dedos y lo soltó. Justo al dar la colilla en el suelo se apagó de inmediato y el genio desapareció.

Encendió otro de sus cigarrillos y se dirigió hasta la puerta del restaurante, frente a la cual había aparcada una *limousine* y un chófer, firme guardián, junto a ella. En ese preciso momento aparecieron el matrimonio norteamericano y su hija, que avanzaban hacia donde él estaba. La madre, envuelta en un abrigo de pieles magníficas, se retorcía los dedos de las manos como si estuviera suplicando algo. El padre, del brazo de su hija, se llegó hasta él y le rogó que los acompañara.

Él respondió *sure* y al instante se dio cuenta de que el genio le había obsequiado con una propina: hablaba inglés como si fuera un nativo.

Se introdujeron los cuatro en la fastuosa *limousine* y antes de llegar a la salida de Central Park se abrió una de las ventanillas y una mano arrojó la pitillera, que fue a caer entre unos arbustos que bordeaban un claro del parque.

Desde aquel día vivió, como era de esperar, sin que le faltasen los tres deseos que le había concedido el genio. Vivió muchos años con amor, salud y mucho dinero.

MI NOCHE CON SORAYA

H ace años tuve ocasión de vivir unas deliciosas horas con una mujer a quien no he olvidado y cuyo recuerdo sigue vivo aún. Sucedió una tarde de domingo. Tomaba mi café de sobremesa y echaba una nueva ojeada al periódico. Me detuve en la cartelera, por si había alguna película o programa de interés, cuando me encontré con un pequeño anuncio que aún conservo y que decía:

HOY ES MI ÚLTIMO DÍA AQUÍ.
PUEDO HACERTE FELIZ.
SORAYA (4496713)

Y no lo pensé dos veces. Marqué aquel número y del otro lado me salió una voz muy apagada. Me sorprendió ese tono, ya que esperaba oír a alguien alegre. Era la primera vez que llamaba a un teléfono desconocido y sentía en mi interior una extraña sensación mezcla de miedo y anhelo. Por un lado, temía que se tratara del reclamo de una buscona o dos amigas con ganas de divertirse. Por otro, sentía curiosidad por saber por qué era su último día, por qué escribía al periódico y por qué ponía directamente su teléfono, quedando a expensas de las bromas de gamberros o graciosos.

Una hora más tarde tomaba un taxi que me conducía a la casa de la tal Soraya. Vivía en un bloque de apartamentos de una calle tranquila, tranquila de domingo, donde había un banco, una gestoría, una tienda de ropa de niños y un pequeño supermercado. Apenas si se oía a lo lejos el motor de un coche. Me adentré en la oscuridad del portal. El ascensor estaba al fondo. Quinto piso y después escalera hasta el sexto. Olía a detergente. Era una casa bastante corriente.

Toqué el timbre y esperé unos segundos. Al escuchar las pisadas que se acercaban, el corazón empezó a latirme deprisa. Se abrió la puerta y me encontré con una mujer de poco más de treinta años, o quizá treinta, vestida de forma extraña. Me sonrió y me invitó a pasar a una habitación.

Al atravesar el hall oscuro, me sentí de pronto en otro mundo. Allí había cuadros y objetos colgados en la pared, una gran biblioteca, un aparato de música y discos amontonados por todas partes. Luego, una mesa grande de trabajo con papeles y periódicos revueltos. En el suelo, un gran cesto popular con muchas lanas de colores y agujas de tejer dentro. Junto a la ventana, un gran centro con frascos de cristal y plantas muy hermosas proyectaban su sombra en el interior de la estancia haciendo un juego de luz.

La mujer me invitó a que me sentara en una silla muy cómoda y me hizo una seña de que aguardara un instante. Llevaba un vestido azul con flores negras que le llegaba a los tobillos y le tapaba asimismo los brazos. Antes de salir, se detuvo en el umbral de la puerta y se volvió a mirarme. Y me gustó aquella sonrisa.

Al poco rato entró con una bandeja con vasos y tazas. Me preguntó si quería tomar café o alcohol. Yo le dije que lo que ella quisiera, que todo me gustaba. Salió y volvió con distintos platos que debía haber comprado o preparado, y que colocó sobre una mesita que sacó de debajo de la gran mesa de trabajo.

Mientras iba y venía con todo aquello, me fui fijando en los libros y discos que tenía detrás mío. ¿Los habrá leído?, pensé. Me preguntó si me gustaba Tchaikovsky. Asentí con la cabeza y sacó un disco de su funda y lo puso. Recuerdo que era un concierto para violín y orquesta, un hermoso concierto que puedo volver a oír y tararearlo. Estaba tan a gusto, que no pensé en lo extraño de aquella situación. Casi me parecía haberla vivido antes.

Cuando por fin se sentó frente a mí, en una banqueta más alta que mi silla, empezó a hablarme. Comenzó por agradecerme mi visita. Dudaba. Miraba de un lado a otro, nerviosa, avergonzándose de aquel desorden. Se componía el vestido para que no se vieran sus formas, que debían acomplejarla. Y cuando sus ojos se cruzaban con los míos, se tranquilizaba. La oía suspirar y relajarse. Entonces sonreía y trataba de decir algo. Con la dificultad, bajaba la cabeza y volvía a agitarse por dentro.

Pensé que esta mujer pensaba suicidarse o hacer algo que hasta entonces no había hecho. Un primer paso habría sido anunciarse en el periódico. Pero, ¿y el segundo? ¿No se estaba arriesgando a toparse con un hombre que podía abusar de ella? ¿Qué buscaba?

Dijo que su vida no era feliz y que empezaba a aborrecerse a sí misma. Le pregunté si había sufrido algún desengaño amoroso y asintió con la cabeza, pero que aquello había pasado hacía ya mucho tiempo. Yo me empecé a preocupar por ella. Sentía que el estómago me daba vueltas y ella debió notarlo porque salió precipitadamente de la habitación.

Yo no sabía qué hacer. Decidí esperar un rato, por si volvía, pero no lo hizo. Miré el reloj y me dije "tú aquí no tienes nada que hacer, vete", pero, a la vez sentía deseos de estar con ella. La calidez de su voz y todo lo que había en aquella habitación me parecían como el preludio de algo. Era de esas pocas veces que creía en la casualidad. El destino nos había unido. Y ella me gustaba físicamente. Cada vez más, y más, y más, hasta que salí por la puerta y la busqué.

Llegué a un pasillo. Me encontré con la cocina, el cuarto de baño, un armario y su dormitorio. Apenas si había luz dentro. Estaba echada sobre su cama, boca abajo, con la cabeza escondida en la almohada.

Me senté a su lado y ella se hizo a un lado para dejarme sitio. Toqué su cabeza y después sus hombros. Ella seguía en la misma posición. Esperé a que se incorporara y aproveché el momento para ver aquella habitación. En la pared opuesta había una biblioteca con libros y encima, en la pared, una bonita colección de sombreros colgados. Sobre el suelo, una alfombra de pelo largo de color blanco hueso. Entre la pared de la biblioteca y la cama, una ventana, y debajo, un gran baúl cubierto con bordados en hilo blanco. Encima, objetos de artesanía de colores, muñecos, revistas, libros y una lámpara que alumbraba tenuemente el recinto.

Acaricié su cuello y se sobresaltó. Noté sus brazos alrededor de mi cuello y sus lágrimas en mi cara. Se aferraba tan fuerte, que no podía soportarla. La agarré por la cintura y correspondí a su abrazo. Permanecimos mucho tiempo así. El disco se había dejado de oír, y ahora sonaba el teléfono. Una y otra vez. Cómo me alegraba de haber sido el primero.

Se levantó y cambió de disco. Debió también de descolgar el teléfono, porque no lo volví a sentir. Regresó con dos vasos y un preparado. Extendió varios cojines en la cama y nos acomodamos. Hablamos de nuestras vidas y nuestra soledad. Me abrazó varias veces. Sonreía y me miraba, muy profundamente. No se quitó el vestido y yo no intenté hacerlo.

Varias veces se levantó para ir a la cocina y traer algo más de beber y de comer. De pronto, miré el reloj y me levanté. Ella me pidió que me quedara allí. "No, otro día."

No, no, otro día no. Pero me fui. En mala hora me fui. Porque su olor estuvo en mí aquella noche, y al día siguiente.

El siguiente domingo telefoneé a su casa y nadie contestó.

Busqué su anuncio en el periódico, y nada. Tomé un taxi y aguardé una tarde junto a su casa. La ventana estaba cerrada y la persiana medio echada. Y así una tarde, dos, tres. Y así días enteros.

Nunca más volví a verla. No quise preguntar al portero, y menos a cualquier vecino. Todos me parecían ficticios. Eran de plástico, como todo el edificio. Salvo ella. Y ella ya no estaba allí.

Aquella joven mujer habría pensado en el suicidio y, asustada sólo de pensarlo, había llamado a alguien. A través del anuncio que hoy guardo. Iba a hacer feliz a alguien. Iba a darlo todo en el último momento.

Ayer puse un anuncio. Me han llamado desde colegialas hasta hombres. Yo sólo quiero volver a oír esa voz apagada. Y ser feliz.

EL AMOR CIEGO

Era uno de esos sábados en que Petra no podía hacer otra cosa que estar pendiente del teléfono, que aquel día sonó una sola vez y por equivocación. Todo el tiempo lo pasó dando vueltas por la casa, haciendo pequeños arreglos caseros, nada importante, siempre con el oído alerta por si sonaba y era él. Incluso levantó el auricular por si se hubiera quedado mal colgado, pero el teléfono estaba bien colgado. Y no se atrevió a salir a la calle para nada, salvo muy temprano a la compra. El resto del día estuvo a la espera.

Según pasaban las horas se hacía más obvio que no se iba a producir la llamada deseada. Hasta el mediodía se hizo la ilusión de que él la llamaría para ir a comer juntos y estuvo sin probar bocado hasta una hora prudente. Después se puso metas, las cuatro, las cinco, las seis. Después de las seis, era difícil que telefoneara, y por otro lado no había ningún compromiso con la persona deseada. Era tan sólo eso: una persona deseada; deseada por ella, no deseada por él, el cual a esas alturas del día debía encontrarse en otros brazos sin pensar para nada en Petra un solo instante. Es más: posiblemente, a esas alturas, se habría dehsecho ya de los regalos que Petra le había hecho, sobre todo por tratarse de objetos de poco valor.

Lo que Petra sentía hacia las siete de la tarde no era ya tristeza, sino rencor, odio a sí misma, desprecio por haberse dejado envolver en los brazos de aquel hombre antes de que éste le prometiera algo, siquiera una amistad. El hombre, como hace la mayoría, no hizo otra cosa que aprovecharse de ella, porque la ocasión lo permitía. Se limitó a seguir como antes, como si Petra no hubiera pasado nunca por su vida, mientras ella se quedaba dolida por espacio de unas semanas, consolándose con el vino, escribiendo que nunca más iba a hacer lo que hizo.

A las ocho de la tarde, ya no pudo resistir más estar sola en su casa y se arregló para salir a dar una vuelta. Antes de cerrar la puerta miró por enésima vez el teléfono, que seguía mudo, y pensó por un momento en dejarlo descolgado por si el paseo era corto y al otro se le ocurría llamarla. Sin embargo, cabía la posibilidad de que, si no lo descolgaba y justo en ese momento él telefoneaba, por el motivo que fuera, pensaría él que Petra podía estar con algún otro candidato. Y no ser él el único por quien las mujeres suspiran. Y ante la duda, optó por lo segundo, imaginando a Luis Eduardo, que así se llamaba, marcando el teléfono una, dos, tres y hasta cuatro veces. Lo imaginó celoso, furioso, angustiado, deseoso, enamorado. Pero Luis Eduardo no llamó. O sí, no lo sabemos, porque al estar descolgado el teléfono, nunca se sabe.... Pero está claro que no llamó aquel día. Ni aquél ni ningún otro. Se esfumó para siempre y Petra tardó bastantes días en olvidarlo. A las pocas semanas, cuando casi se había cicatrizado la herida, conoció en un bar, desayunando, a Alberto José, un hombre mayor que ella, que aproximadamente le doblaba la edad aunque no se le viera ni viejo ni encorvado, alguien que había hecho mucho deporte en su vida y que se conservaba en muy buena forma, que caminaba derecho, con el estómago en su sitio, casi hundido, de pecho corpulento, con piernas y brazos fuertes. Sólo se le adivinaban los años en los ojos y en las manos. Usaba gafas, y tras éstas, unos ojos fatigados, una mirada castigada por las cosas tristes, y tantas, que se suceden a lo largo de una vida sin descanso. Sus manos acusaban la artrosis que empezaba a deformarle los dedos. Otra calamidad que lo asustaba porque temía sentirse inútil si le fallaban las manos. Pero para eso estaba Petra, que se convertiría en su bastón y más tarde, en su lazarillo.

Desde el día en que formalizaron sus relaciones ella dejó el piso alquilado y se fue a vivir a casa de Alberto José. Con lo cual se terminaron para siempre los sábados de angustiosa espera, de no deseada soledad, conoció un mundo nuevo al lado de un hombre que había llegado a aquellas alturas de la existencia por muy distintos caminos, ninguno conocido por Petra, y la unión de tan variadas experiencias hizo que la convivencia entre ambos se enriqueciera. En realidad, y tuvieron suerte, es que los dos se encontraron en momentos difíciles; ambos estaban faltos de cariño, y la necesidad se convirtió en deseo, el deseo en realidad, y fueron muy felices, comieron codornices, oyeron mucha música de Bach, se compraron unos peces, luego una pareja de jilgueros, viajaron cinco veces a Italia, una a Francia, y cuando Alberto José perdió la vista por completo, se fueron a una casita de pescadores junto al mar a esperar a que los borrara la marea.

ROSA MARÍA

Mientras subía en el ascensor a su piso, María Rosa no daba crédito a lo que le estaba sucediendo. Quiso rezar a algún santo para que todo fuera bien, pero no se acordaba del apropiado y al final tuvo que invocar a Platón, cuyo *Banquete* estaba en su mesilla de noche desde hacía varios días. Llevaba las llaves preparadas para entrar en su piso rápidamente, y cuando estuvo en él no supo por qué decidirse primero: si arreglar la casa, esconder algún objeto que no quería dejar a la vista, o ir directamente al espejo y componerse un poco. No disponía de tiempo, porque en seguida iba a hacer acto de aparición en su casa, su propia casa, nada más y nada menos que su jefe, por el que estaba profundamente enamorada. Era un amor imposible que le duraba hacía diez años.

Todavía se preguntaba cómo era posible que Ambrosio, nada de don Ambrosio, sino Ambrosio a secas, estuviera a punto de atravesar el umbral de su puerta. Qué momento, cuánta dicha, qué deseos de rapto, cuánto tiempo esperando de él unas palabras que nada tuvieran que ver con el trabajo. Nunca se había fijado en ella, que gastaba todo su sueldo en vestirse para gustarle y él no había hecho jamás un comentario al traje nuevo, las blusas que tan bien le sentaban, los cambios de peinado, el tostado de la piel a la vuelta del verano, porque ella había tomado el sol sólo para resultar más atractiva a su ojos, los perfumes que gastaba, que variaba para ver si reaccionaba y se lanzaba de una vez sobre ella, primero sobre la mesa, luego un revolcón por la moqueta. Cuántas veces había soñado despierta que se apagaban las luces y tenían que salir los dos a tientas y en la oscuridad, en el rellano de las escaleras de aquel lujoso edificio del siglo pasado, haberse quedado abrazados ante el vértigo de la oscuridad.

Desde el primer día en que lo vio, ella vivió apasionados romances abrazada a su almohada, creó una larga historia, un romántico noviazgo, lleno de besos y abrazos, palabras de amor muy bajitas, bailes, todo un romance que acababa en boda. Y colocaba la almohada en vertical, después la colocaba en horizontal, debajo de ella, encima. Por las noches era feliz porque se creía lo que estaba haciendo, y durante el día, aún más dichosa se sentía porque podía verlo. Sólo cuando él se ausentaba fuera por negocios, aquellos viajes interminables que no duraban más de tres días, era cuando sentía un gran vacío por dentro. Su único consuelo era contemplar su despacho, su sillón de cuero marrón, los cuadros que él tenía colgados en la pared y que miraba perdidamente cuando hablaba por teléfono. Pero él la llamaba todos los días y podía oír su voz desde la lejanía, y su imaginación le permitía pensar en un segundo romance mientras estaba la mesa de don Ambrosio vacía.

María Rosa no tuvo más tiempo porque sonó el timbre de la puerta. Con una emoción que la embargaba, corrió a abrir. Al verlo en el umbral de la puerta creyó que perdería el conocimiento, pero fue fuerte y le dejó pasar, indicándole la pequeña salita de estar, y entonces habló él:

—Perdone— la trataba de usted, a ella, su fiel esposa, la única mujer para quien sólo existía un hombre en el mundo: él— tantas molestias. Le repito que si tuviera que irme a mi casa no llego a la reunión— y decía esto mientras se quitaba la chaqueta y se desabotonaba la camisa. También se quitó los gemelos y todo lo colocó sobre un sofá.

María Rosa vio sus hombros y sus brazos desnudos. Tenía pelo en el pecho, como ella había soñado, aunque nunca había imaginado su cuerpo desnudo.

—Dése prisa, por favor y perdóneme.

María Rosa reaccionó y fue corriendo a la cocina a enchufar la plancha. Su jefe se quedó sentado en el sillón sin moverse, sin mostrar un ápice de curiosidad por la casa de su secretaria. El chaparrón de la tarde le había caído por sorpresa cuando volvía de comer de un restaurante cercano al que se había desplazado a pie, y aquel mismo día tenía una reunión importantísima. Un brazo portando unos pantalones se asomó por la puerta de la cocina.

–Los pantalones también.

María Rosa no levantó la cabeza no fuera a encontrarse a su jefe en calzoncillos, pero éste se había escondido en la oscuridad del pasillo tras la puerta y era imposible adivinar siquiera el color de su ropa interior.

María Rosa vivía tan cerca de la oficina, que se había ofrecido a darle una planchada al traje. Además ella era una experta con la plancha, no había arruga que se le resistiera y ahora, por una vez que iba a planchar una prenda de él, y se llevó la camisa a la nariz para oler mejor a su hombre, su legítimo marido de sus sueños, iba a dejarla mejor que en el tinte.

–Si quiere puede usar mi baño– le dijo cuando sintió que volvía por el pasillo hacia la salita de estar –que está en la segunda puerta del pasillo, a su derecha.

No tenía pérdida, pues no había más puertas que la de la cocina, el baño y el dormitorio.

–Gracias– se oyó a lo lejos.

La camisa estuvo lista y la colgó en una percha. Con los pantalones tuvo más tacto, planchó bien la entrepierna, que estaba muy arrugada, y siguió a la perfección las rayas del planchado original. Lo que más le costó fue la chaqueta, pero se esmeró a fondo. Primero planchó el forro, para seguir con la mangas y el cuerpo.

Todo bien colgado, se quedó esperando a que se secara el traje, pues lo había planchado con vapor. Con mucha discreción de acercó a la salita y, sin asomarse, le dijo a su jefe que ya estaba todo listo.

–¿Quiere que le repase la corbata?

–Está bien, tenga– y se levantó para alcanzársela.

Ella, que había alargado la mano para recogerla, con la cabeza vuelta hacia atrás, al tantear a ciegas, tocó su brazo y de forma instantánea lo retiró. El hombre se dio cuenta de la timidez de María Rosa y colocó la corbata en el brazo, como si fuera un objeto inanimado, un pedazo de madera. María Rosa se volvió a la cocina y planchó la corbata de seda, pensando en todas las noches que le vio quitársela. Cuando hubo acabado, lo llamó a voces.

–Don Ambrosio, ya puede venir a vestirse. Yo voy a entrar en mi cuarto para no molestarle.

El jefe corrió a la cocina, se puso la ropa corriendo, entró en el baño para mirarse en el espejo mientras se anudaba la corbata y en menos que canta un gallo se dirigía a la puerta y desde allí se despedía agradeciéndole aquel favor.

–Hasta mañana, que descanse, y mil gracias de nuevo.

María Rosa no salió ya de su cuarto hasta el día siguiente. Habían ido de viaje los dos a París y le había caído un chaparrón encima, cuando paseaban por los jardines de Versalles. Tuvieron que refugiarse en el palacio hasta que el aguacero amainó, pero el conserje les avisó que había recibido un parte urgente de que nadie saliera porque se corría un grave peligro. Entonces, no tuvieron más remedio que dormir en una de las habitaciones de palacio, un cuarto enorme con chimenea y cama con dosel. Mientras él se despojaba de sus ropas que chorreaban, la miraba y le expresaba con ardientes frases hasta dónde llegaba su pasión por ella, María Rosa, y cuántas aventuras sería capaz de correr por ella. Y ella lo escuchaba, metida en la cama, con un camisón de reina, envuelta en sedas y tafetanes, hasta que ya no pudo resistir más y lo llamó con los brazos extendidos y él se metió dentro de las sábanas y ella sintió el olor de su cuerpo, que aún conservaba en su memoria, y recorrieron juntos las cuatro esquinas de aquel lecho real. Cuando cayeron rendidos, se durmieron abrazados hasta el día siguiente, en que sonó el despertador.

María Rosa se levantó de un salto, preparó un café, se puso un traje blanco y salió corriendo a la oficina. Como siempre, llegó puntual, pero el jefe se le había adelantado y estaba en el despacho con la puerta cerrada. Hablaba por teléfono con alguien. María Rosa entreabrió la puerta y le dio los buenos días. Cuando cerraba la puerta tras de sí, le oyó decir, yo también te quiero.

Toda la mañana oyó para sus adentros aquel te quiero. Por la tarde, don Ambrosio volvió tarde de comer y cuando entró en su despacho le dijo a María Rosa que le pusiera con una joyería. La joyería de mayor prestigio de la ciudad. El te quiero siguió repicándole en las sienes y por su cabeza desfilaron anillos, brillantes, diademas, pulseras, perlas. Había tanto trabajo, el jefe estaba tan cambiado –nunca lo había visto así– que se le pasó la tarde en un santiamén. Cuando entró a despedirse y preguntarle si deseaba algo más antes de irse, lo vio de nuevo colgado al teléfono hablando de una forma desacostumbrada en él. Don Ambrosio le hizo un gesto con la mano invitándola a irse, y María Rosa se fue a su casa cabizbaja, llorando. Al entrar en su portal, el portero le entregó un ramo de flores. Había un sobre dentro y María Rosa lo abrió sin entusiasmo. Dentro, una tarjeta de la floristería y una frase escrita por otra persona en la que Ambrosio Martínez agradecía el mejor planchado de su vida. María Rosa cogió el ramo y subió a su piso. Colocó las flores en una jarra de cristal con agua y se fue a su habitación. Sin encender la luz, se tumbó vestida sobre al cama, cerró los ojos y cruzó las manos sobre su pecho. Conservó una de las flores en una mano para aspirar su olor. La jarra estaba encima del libro de Platón. A su lado, Ambrosio estaba arrodillado, muy cerca de ella. Lloraba. Pero María Rosa ya no lo oía porque empezaba a desaparecer de este mundo, vestida de blanco, con una flor en la mano que no era precisamente una rosa.

¿DÓNDE ESTÁ IRENE?

Él y ella estaban sentados frente a una chimenea apagada. Era una oscura tarde de primavera que amenazaba tormenta y ella no había dejado de hablar desde que se sentaron a tomar el café. La lluvia no tardó en caer y el agua comenzó a descender en vertical.

—¿Por qué no te callas un rato y escuchamos caer la lluvia?

Fue decirlo y la estancia se iluminó por efecto de un rayo, y a continuación se dejaron sentir las vibraciones de los relámpagos.

—Tengo miedo— musitó ella, en un tono que sonó a falso.

Pero él no contestó. No hacía frío, se sentía hastiado del monólogo interminable, interrumpido afortunadamente con la tormenta, y además no estaba dispuesto a pasarle el brazo por la cintura. Se sabía deseado por la mujer que tenía al lado, pero el poco deseo que había sentido por ella se fue helando y a esas horas lo único que ansiaba era estar solo. Sin embargo, aislados como estaban en aquel chalet de la sierra, sin otro medio para volver que un coche, su coche, el hecho de pensar que tenía que conducir para llevarla de vuelta a su casa le daba un vuelco al estómago. Por otra parte, no tenía ningunas ganas de pasar la noche a solas con aquel personaje que de pronto se le antojó desconocido. Entonces le vino a la mente la dulce Irene, tan tímida y callada, a cuyo lado sabía soportar los largos silencios. Qué distinto hubiera sido si hubiera estado allí, qué dicha reconquistarla de nuevo, hacerle beber vino para que perdiera el pudor, y luego echarse a su lado y sentir su aliento. Pero él era un vividor, le gustaba volar de flor en flor y eso a Irene no le gustaba; por eso había huido de él. Sin ella había encontrado el calor en otros brazos, más fuertes, más blandos, bocas más seguras, labios temblorosos, una variedad que le distraía y le excitaba.

Qué es lo que le ha pasado a ésta, se preguntaba mirando la taza vacía de café. Podía ser que se hubiera acelerado con la cafeína o que hubiera descubierto, en un descuido de ella, un leve tufillo a sobaco. En cierta ocasión había tenido una relación con una mujer que acusaba un defecto parecido y no fue capaz de llegar hasta el final, porque ella se negó a que él la rociara con una botella de champán. Tampoco sirvieron de mucho las barritas de incienso que puso a arder en un momento apropiado. Cómo es que algunas mujeres, se preguntaba, descuidan detalles que pueden dar al traste con una noche de placer. Pero ahora era la primera vez que una conversación le ponía los pelos de punta.

Afuera seguía lloviendo y ella ahora estaba silenciosa, sorprendida por el cambio de su acompañante, que tanto entusiasmo había demostrado por ella unas horas antes. No se atrevió a mirarle y sus ojos recorrieron la habitación. Aún no sabía que ya había sido rechazada por el hombre que tenía junto a ella y pensó si no habría sido mejor ir a su apartamento, que al fin y al cabo estaba en el centro de la ciudad, desde el cual era mucho más fácil escapar de una situación no deseada. Pero la idea de salir de la ciudad y acabar la noche en un lugar apartado le había parecido tan atractiva que dijo sí en cuanto él dejó caer la pregunta.

—Tengo una casa en la sierra. ¿Quieres que vayamos?

Antes de decir que sí, ella ya se había puesto en pie y la rapidez de la respuesta le había sorprendido agradablemente a aquel hombre que ahora parecía derrumbarse en el sillón. Sabía por experiencia que después de haber tomado una decisión tan rápida era necesario mantener el mismo ritmo de entusiasmo para que ninguno de los dos se viniera abajo. Por esta razón, durante el viaje de una hora en el coche, no hizo otra cosa que demostrarle lo gracioso que podía resultar pasar con ella un día. Los dos sabían que después de aquello no iba a haber nada serio, y lo que más le importaba a ella era mantener vivo el deseo para poder repetir más días como aquél.

—¿Quieres una copa antes de irnos?— se atrevió él.

—Dime dónde están y yo las sirvo.

Él le indicó con la cabeza el mueble-bar que había en la misma estancia y ella se puso en pie para cumplir con su papel de camarera.

Al poco rato volvió con los vasos y una botella de vodka.

—Si me dices dónde está el hielo…

—Sin hielo— respondió él, con desgana.

—¿Te importa que ponga un poco de música?

Él cerró los ojos pensando que ya había oído esa frase en las situaciones indeseables como aquella y, con un movimiento despreciativo de la mano, le indicó dónde estaban los *cassettes*.

En pocos minutos, una voz cascada se interponía entre ellos, alejándolos aún más. Ella no volvió a su asiento y se puso a bailar, mientras él la miraba incrédulo. ¿Es que quería conquistarle después de lo que le había dicho? La había mandado callar y le había hecho entender que deseaba salir de allí en cuanto dejara de llover. Sin embargo, el alcohol le tendió una trampa y ella se mostró como una experta bailarina. Además empezaba a quitarse la ropa. Se sirvió una segunda copa y la bebió de un trago. Todavía no sentía ningún deseo carnal por ella, aunque si hubiera sido otra se hubiera lanzado sobre su cuerpo clavándole los dientes en el cuello. Tenía una dentadura especial que hacía morirse de placer cuando recorría con ella las espaldas de las otras mujeres. Pero con ésta que tenía enfrente bailando, no tenía ningún deseo; es más se le antojó un cuerpo que le producía dentera. Estaba enfadado con ella y sobre todo consigo mismo. Nunca había rechazado a una mujer por otra cosa que no fuera el físico. La forma de hablar, su estúpida conversación, el tono didáctico empleado en algunos temas en los que parecía buena conocedora le producían repeluzno. En el fondo detestaba a este tipo de mujeres, a las que no había tenido nunca ocasión de conocer en la intimidad.

Entonces se levantó para ver cómo estaba el tiempo fuera y se detuvo frente a la ventana, tratando así de olvidar lo que ocurría adentro. La abrió para respirar y sentir el olor a campo mojado, cuando algo le cayó en la cabeza.

El objeto resbaló, pasó por su cara y fue a parar al suelo. Él lo miró con disimulo, temiéndose que a ella se le hubiera ocurrido lanzarle un avión de papel. Pero no era ningún avión de papel, sino el sostén. Se quedó rígido, sin respuesta, pensando que a esas alturas ella debía encontrarse ya totalmente desnuda. Qué ganas le entraron de saltar por la ventana y huir de allí, pero era su casa y debía ser él el último que cerrara la puerta. La idea le recordó el mal trago que estaba pasando un amigo casado con una mujer ansiosa y una amante esperándole a que se decidiera a escapar de aquella jaula. La comparación le hizo ver mucho más penosa la situación del amigo suyo y por un momento sintió compasión por la mujer que aún seguía bailando y dando saltos descalza por la habitación. Entonces fue cuando miró con detenimiento la prenda y vio que era de un tamaño desorbitante. No lo pensó dos veces, se volvió y se encontró con un cuerpo descomunal que en movimiento hacía elevarse aquellos enormes senos que con tanto ingenio tenía ocultos bajo un jersey oscuro y holgado.

Ella vio el cambio de actitud del hombre y se le acercó contoneando de forma exagerada las caderas. Y él le clavó sus manos y la empujó hacia el sillón. Llenó los vasos hasta acabar con la botella y, arrepentido, le dijo que le siguiera contando la historia que había dejado sin terminar.

Y ella retomó su relato y volvió a hablar, mientras él le hincaba los dientes hasta que se acabó la música y dejó de llover.

—¿Vamos arriba?

Al día siguiente, él se despertó abrazado a un cuerpo que había deseado y poseído al final de la noche. Ella tardó en abrir los ojos, y cuando por fin se despertó, se levantó de un salto y corrió a vestirse.

—Deprisa, que llega mi novio.

—¿Tú qué?

—Llego a Madrid a las doce. Viene de Alemania.

Así que he sido un hombre objeto para esta mujer, pensó él, bastante desconcertado. Y al verla vestirse con una inusitada prisa, lamentó haber sido tan duro y haber perdido el tiempo en estúpidas divagaciones que no le habían servido para nada más que calentarle la cabeza.

En el camino de regreso, ella se descubrió como la mujer que había deseado toda su vida. Parecía otra. Ya no hablaba como el día anterior, su voz era más dulce, más pausada. Ella parecía ausente. Decía cosas, hacía comentarios amenos de lo que veían desde la carretera, pero no parecía dirigirse a él. Y esto fue lo que más le causó rabia. Empezó a mostrarse celoso del novio afortunado que iba a abrazar aquel cuerpo con una talla cien de sujetador, de carnes duras y bien repartidas.

El cielo despejado le sumió en un estado mitad de ansiedad, mitad de melancolía. Había tardado en descubrir y ahora ya era demasiado tarde. No quería llegar, pero finalmente llegó y ella se bajó sin decirle adiós. Corrió al portal y al volverse agitó la mano.

EL CHUPATINTAS

De nombre Eusebio, el chupatintas del banco de la esquina era un tipo algo especial. Nadie sabía dónde vivía ni con quién. Solía decir que en algún piso de una calle céntrica, con una tía lejana, de avanzada edad, a la que ayudaba económicamente.

En realidad, no existía tal tía. Habitaba un cuartucho pequeño en una pensión, en una callejuela poco importante. Familia sí tenía, pero residía en cualquier lugar de no se sabe qué región.

Cada mañana, antes de salir a la calle, inventaba cualquier enfermedad. Una hepatitis, para estar varios meses en cama, sin levantarse más que lo indispensable, y cobrando la parte del seguro contra enfermedades.

Otras veces pensaba en la habitación de un hospital, recibiendo alguna visita, sonrisas y deseos de reponerse. Imaginaba que le atropellaba un autobús, o algún turismo de un despistado cualquiera. Una pierna escayolada o un brazo que le impidiera escribir durante una temporada.

Pero nunca hubo en el banco donde trabajaba persona que gozase de mejor salud que Eusebio. Ni un leve resfriado. No fumaba y no tosía. Estaba perfectamente sano.

Un día confesó a un amigo estos deseos suyos de enfermarse, a lo que el hombre respondió con uno de sus sabios consejos: corría el peligro de enfermarse de veras. "Porque existen alteraciones psíquicas de la salud." Era lo que Eusebio quería.

Su trabajo en el banco era poco importante para él. Tampoco se veía en un puesto de mayor responsabilidad. Era incapaz de hacerse con un trabajo para el que había que usar un poco el cerebro. Se sentía una máquina. Cada botón, un mando, un superior suyo...

Como era de esperar, un día el sistema de botones de mando se estropeó. Un cortocircuito, a las cuatro de la madrugada. Y aquel día Eusebio no fue al banco. Fue llevado al hospital, como ya había deseado antes. Un error en la intervención acabó con su vida.

—Bah, si era un chupatintas...— alguien se atrevió a decir.

EL CANAL SOEZ

Durante la reunión del consejo de administración, Olga, desde una de las cabeceras de la mesa, se fijó en el brazo del hombre que tenía a su izquierda cuando éste le alargó un documento para firmar. No sabía el motivo, pero aquella mañana estaba tan distraída que no podía concentrarse en las palabras de los otros consejeros. Su divorcio era tan reciente que le afectaba desde que se levantaba y veía su cama tan grande, tan vacía.

El brazo de aquel hombre, que tenía poco más de cuarenta años, parecía el de un anciano. Su carne, por llamarlo de algún modo, era tan blanquecina que traslucía las venas de un azul tenue y hacía resaltar su vello lacio y oscuro; la piel transparente denotaba que detrás los músculos estaban dormidos.

De pronto, tal era su abstracción, le vino a la memoria el brazo, es decir los brazos, las espaldas y el cuello robusto del empleado del taller donde días atrás había dejado su automóvil. Qué fuerza tenía aquel muchacho y con cuánto asombro se quedó ella mirándolo mientras el chófer le decía, sin que ella prestara atención, que debía bajarse y esperar a que llegara otro automóvil de la compañía a buscarla.

Olga se había divertido aquel día entrando en un taller, donde jamás había puesto los pies, a pesar de que la situación era motivo de ira: un coche con menos de cien

225

kilómetros se había parado en un atasco, aunque la suerte había estado en aquel momento de su parte: en el cruce siguiente había un taller serio que el chófer conocía bien.

Refugiada tras los cristales oscuros del automóvil, desde el asiento trasero, había observado divertida toda la escena, ya que no tenía ganas de presidir la reunión de aquel día y un imprevisto como aquél era una buena excusa para su retraso o su no asistencia. Y la imagen de aquel mecánico fornido, parecido a un príncipe recién salido del asfalto, le había hecho despertar un instinto, casi animal, que hasta entonces había permanecido oculto en ella. En su vida había experimentado algo parecido; por eso estaba muy sorprendida con todo lo que la rodeaba y le sucedía. Nunca había visto tan de cerca a un empleado con un mono de trabajo; sólo veía americanas, corbatas y un sinfín de camisas con cuellos y puños cortados por el mismo patrón, gemelos de oro y de fantasía, aromas masculinos muy similares unos a otros, de acuerdo con los dictámenes de la moda.

Le había dicho a su chófer que desconectara las dos líneas de teléfono para estar al menos ilocalizable un par de horas, alejada de los suyos y metida en los problemas urbanos, tan alejados de ella.

El chófer, muy estirado, la miraba de reojo, un poco avergonzado de que ella presenciara lo que podía parecer una escena violenta ante sus ojos. Aquí y allá había cuerpos retorcidos dentro de monos de trabajo llenos de grasa, algunos con las cremalleras descosidas, bajo los coches, reparando con llaves inglesas y otras herramientas de trabajo aquellos coches fabulosos que nunca serían suyos, pero que manejaban para comprobar sus motores.

Pero Olga no manifestaba repugnancia por aquella suciedad propia de un lugar donde continuamente saltan gotas de aceite, gasolina y otras grasas.

El mecánico revisó el motor, se tumbó en el suelo para ver lo que había podido producir el parón, y las piernas de Olga se adelantaron hasta estar muy cerca de él, de forma que él pudo ver algo más que sus rodillas.

El chófer miró al techo sin creer lo que sus ojos estaban viendo, y cuando los bajó, el mecánico se había levantado del suelo. Volvió éste a revisar el motor y moviendo con la llave inglesa una pieza exclamó en voz alta, ¡ya está!

Al parecer, había fallado el suministro de combustible y por eso no arrancaba el motor.

Olga le dio las gracias personalmente y, una vez dentro del automóvil, dijo al chófer que quería regresar a su despacho.

Allí se encerró un buen rato, con un dolor en el pecho que no era otra cosa que la obstrucción del serrato por un aire absorbido en corriente dentro del taller. Pero ella pensó que era otra cosa y, temerosa, no se atrevió a moverse del sillón de su despacho.

A pesar de que había pedido a la secretaria que no le pasase ninguna llamada, hubo algunas urgentes que tuvo que atender.

Según avanzaba el día el dolor se hacía más agudo y llamó a su médico y convino en que se reunieran a cenar en su casa aquella misma noche.

Cuando regresaba, al filo de la noche, sintió el mismo dolor de la mañana dentro del coche, pero trató de no acordarse y pensar en otros asuntos. Sin embargo, cuando su mente se recreaba en la imagen del mecánico, el dolor del pecho parecía disiparse, agudizándose en cuanto pensaba en los asuntos de su trabajo.

Durante la cena, el doctor y ella hablaron sobre los asuntos personales y las consecuencias del divorcio. Más que su médico, hacía las funciones de consejero psicológico. Olga necesitaba su apoyo con mucha frecuencia, especialmente en los últimos tiempos.

Como el dolor en el pecho continuaba, después de la cena el doctor le dijo que se echara sobre un sillón en posición fetal y le dio un comprimido de algún medicamento para las aerofagias. Pero estos dolores tardan en desaparecer, a diferencia de otros producidos también por los gases en otros puntos del cuerpo. Lo mejor era el masaje y el calor en el pecho y el doctor se sentó a su lado para dárselos. Aquello le alivió tanto, que se olvidó por un momento de dónde estaba, y con los ojos cerrados relató la sensación que había tenido aquel día al ver al joven del taller.

¿Por qué le pasaría a ella, precisamente en el día de San Afrodisio? ¿Era una prueba enviada desde el Más Allá?

No. Olga, después de su divorcio, sin darse cuenta fue aumentando la dosis de tranquilizantes y otros medicamentos que le había recetado su médico, y llegó a un extremo que tuvo que retirarse durante un tiempo y descansar en Freeport, en el Caribe. Como no se curó a su llegada, sino pasadas dos semanas, durante la primera se empleó en descargar todos los deseos de la carne que había reprimido en los últimos días. Los empleados del hotel fueron desfilando de uno en uno, a cualquier hora del día, por su habitación. Morenos y mulatos fueron quienes gozaron del privilegio de estar a su lado durante toda la noche.

Después del tratamiento, volvió a ser la misma de antes, y en el consejo de administración de Canal Recto se alegraron de verla otra vez como presidenta de honor.

LA MUJER MISTERIOSA

E ran las ocho de la mañana de un sábado y Luis Alberto estaba a punto de sentarse a tomar el desayuno. Mientras preparaba una bandeja con una buena ración de tostadas con mantequilla, cereales con leche, zumo de naranja, un *croissant* y té con leche, echó una ojeada por encima al periódico y leyó en el centro de una página interior el siguiente reclamo:

BUSCO UN HOMBRE

El anuncio, pensó, evidentemente va por mí. Y agarró la bandeja y se dirigió al comedor para degustar su desayuno. Hizo una marca con un lápiz rojo y se puso a leer seriamente el periódico, leyendo los titulares, buscando las noticias de interés, deteniéndose en los artículos firmados por sus periodistas preferidos, para después hojear el resto del diario e informarse. Al cabo de una hora, se levantó a prepararse un café con leche, cosa que hacía siempre que desayunaba con té, para poder leer con más atención las páginas que había dejado en blanco, y volvió a toparse con el reclamo marcado con su lápiz rojo. Ajá, creo que debo contestar a esta llamada, y buscó algún teléfono al que dirigirse, pero no había nada más que esas tres palabras. Bien, está claro que tendré que llamar al periódico y pedir que me informen. Y llamó y después de unos minutos le pusieron con Sociedad y allí le dieron un número de apartado de correos y unas indicaciones que había exigido la persona que había puesto aquel anuncio. La señorita que hablaba al otro lado le pidió que por favor fuera serio y que no tratara de aprovecharse de alguien que desde su anonimato pedía conocer a un hombre.

—No, no, si yo hablo en serio. Y creo que yo puedo ser la persona que buscan.

—Está bien. Déjeme su teléfono y en unos días le avisaré.

—¿Pero no había dicho que se podía escribir a un apartado?

—Sí, pero no el interesado, sino el periódico.

—Ah, en ese caso, tenga mi número— y se lo dio.

Después de colgar el auricular, se quedó un rato pensando en lo agradable de aquella voz femenina y en que había olvidado preguntarle su nombre. En tal caso, pensó, sólo me queda esperar a que me llame. Si es que llama...

Luis Alberto pasó aquel día en compañía de una antigua novia y prolongó el encuentro hasta la mañana siguiente, muy temprano, en que abandonó su apartamento y se fue a darle a la pelotita al club de golf. Allí se juntó con un par de amigos y pasaron el resto del día al aire libre, bebiendo cerveza, comiendo y hablando de trivialidades.

La semana transcurrió según había predicho el horóscopo del periódico, sin novedad en el frente, y el sábado siguiente recibió la llamada de la misma señorita que le atendió en el periódico.

—Ha dicho que se persone usted en el Café de Oriente a las doce del mediodía.

—¿No ha dicho más? ¿Y cómo la reconoceré?

—Lleve un libro bajo el brazo.

—Sí, pero qué libro.

—Dígame un título, que yo se lo comunico a ella.

—Pues...— y pasó la mirada por los estantes de libros, pensando cuál podía ser el más apropiado para aquel primer encuentro, —*El Conde Lucanor*.

—¿El conde Luca qué?

—Lucanor.

–Muy bien. Entonces, a las doce, no lo olvide. Y sea puntual.

Y tan puntual. Luis Alberto se presentó a las once y media y se apostó en la barra en un punto desde el cual podía controlar la entrada y observar el comportamiento de la mujer misteriosa y poder juzgarla. Si entraba con decisión, quizá fuera una buscona. Si lo hacía con cara de temor, dudando si dar el paso o tropezándose con los escalones, una tímida incorregible o tal vez una rara. Cuando el reloj dio las doce menos cuarto, comenzaron a entrar algunas mujeres que pasaban la vista por encima de todas las cabezas, como si estuvieran citadas con alguien, y luego se quedaban solas, mirando distraídamente a las mesas de alrededor, esperando a que hubiera suerte y alguien se sentara al lado.

Cada vez que entraba una mujer sola, Luis Alberto levantaba el libro de forma que ella lo viera, y a ninguna le llamaba la atención. Y así hasta las doce. Conque puntual, pensó con ironía Luis Alberto; a ver si ahora no se presenta y estoy haciendo el memo.

Y el reloj marcó las doce y un minuto, y dos, y tres, hasta y cinco, y entonces Luis Alberto llamó al camarero y le pidió la cuenta. Cuando se disponía a sacar el dinero del bolsillo de su chaqueta, vio unos pies detrás de los suyos, muy juntitos, dentro de unos zapatitos del 36. Antes de levantar la cabeza y ver el resto del cuerpo, se detuvo un momento a adivinar de quién podría tratarse. En primer lugar, cabía la posibilidad de que fuera una joven que se disponía a pedir cambio al camarero para la máquina de tabaco, o simplemente estuviera preguntando la hora, o quizás se tratase de la persona que esperaba. Y en caso de que así fuera, qué persona habría encima de aquellos pies; sin duda, alguien de corta estatura por aquellos piececitos, pero, ¿de qué edad? Le intrigaba, sobre todo, la edad, y mirando un poco más arriba podría adivinarlo. De reojo vio unas piernas delgadas y firmes, con unos músculos bien colocados, unas medias nuevas, lo que demostraba cuidado en el vestir o, tal vez, que se había puesto unas medias nuevas para la ocasión. Los zapatos eran casi nuevos y estaban limpios, lo cual es difícil de ver en estos días. La dueña de aquellas piernas no debía pasar de los treinta y era una persona que cuidaba su aspecto. Además, tenía buen gusto. Ahora faltaba levantar la vista y ver qué más había.

El olor. Faltaba adivinar si llevaba algún perfume de marca, alguno de sus favoritos, pero no se distinguía ninguno. La persona que estaba detrás solamente traía el aroma de aire fresco de la calle. Y como permanecía rígida como una estatua de sal no había forma de que dejara escapar sus secretos, y Luis Alberto no podía distinguir con su fino olfato si acababa de salir de la ducha, si se había echado polvos de talco o crema en el cuerpo, si su pelo estaba recién lavado, si, en una palabra: era una persona limpia, aseada.

Y lo era, como pudo comprobarlo más tarde. Pero antes estaba la incertidumbre. Se había retrasado y podía permitirse esa demora en volverse, pararse a examinar la situación y ver al cabo si valía la pena o no. Todo esto ocurrió en no más de cinco minutos y los pies del 36 seguían tan inmóviles como al principio. Bueno, no se cansa, pensó Luis Alberto, es persona fuerte, no le flaquean las piernas ni se le cargan de varices. Pero no me voy a hacer de rogar más. Sus cinco minutos de retraso por los míos.

De súbito, giró cuarenta y cinco grados para mirarla de frente a los ojos y vio un carita sonriente, ojos claros risueños, expresión casi angelical, pelo recogido en la nuca con un lazo negro de terciopelo, detalles importantes, muy positivos. No se atrevió a abrir la boca para no romper el encanto de aquel momento que quiso, desde ya mismo, que se hiciera eterno. Ojalá se detenga el reloj del tiempo, que no se borre de mi memoria lo que estoy viendo, se decía.

Sin embargo, el encanto se rompió en menos de treinta segundos cuando oyó una voz que no le pegaba nada: "¡Hola, soy yo!, te descubrí en cuanto vi el libro." Y lo primero que pensó al oír aquel tono es que era tonta. Si lo sabré yo, hay tonos de voz que delatan a uno, y nunca falla. Un poco tontita sí que era, por lo que dijo a continuación. Pero antes, Luis Alberto le preguntó si quería tomar una cerveza o un fino y ella, muy fina, respondió:

—No me gusta el alcohol ni la gente que empieza a beber por la mañana.

Vaya, pensó él para sus adentros, esta mujer no me conviene nada. Una cosa es que sea una borracha, con lo cual no hay manera de entenderte con ella, y otra es que sea abstemia con rabia reconcentrada que no permite que los demás beban a su alrededor. Además, es de las que hablan de forma dogmática, de las que pronuncian frases que ningún médico se atrevería a afirmar de forma tajante. Las que se lo saben todo, un poco marimandonas, un poco policías sin serlo.

—Me llamo Laura.

—Ah, muy bien. Entonces, si nos casamos, bordaremos dos eles en nuestras sábanas y toallas. ¿Qué te parece?

—Que te has precipitado un poco, ¿no crees?

Evidentemente, la chica no tenía ningún sentido del humor, o al menos no respondía de la forma en que Luis Alberto esperaba, pero en ese momento ella se quitó el abrigo y dejó descubrir un cuerpo magnífico, y todos sus prejuicios desaparecieron.

—¿Por qué no nos vamos a otro sitio? O mejor dicho, qué te parece si comemos en el campo.

—Es que no venía preparada para tanto.

—¿Y cómo es que te has lanzado a escribir un anuncio en el periódico y ahora no quieres venir a comer conmigo, si sólo es ir a comer?

—Es que he cambiado de opinión.

—Pues dame tu teléfono antes.

Y Luis Alberto apuntó el número. No daba crédito. Una mujer que rozaba los treinta años y que osaba poner un anuncio en el periódico no estaba en sus cabales si, después de haberse desplazado hasta allí, no aceptaba una invitación tan inocente como una comida. O, y es lo que se temió más tarde, cuando regresaba solo a su casa: ¿no sería que él, Luis Alberto, no daba la talla del hombre que buscaba Laura? Pero esto lo pensó después, en el coche. Ahora le restaba una hora en otro bar donde tomar él una cerveza y ella agua mineral. Y cuando estaban hablando, como el estudias o trabajas, dónde vives y a dónde vas en verano, se dio cuenta que a ella lo que realmente le fastidiaba no era el hecho de que los demás bebieran, sino el que ella lo tuviera prohibido, pues una pareja que se apostó al lado de ella pidió un par de vermuts y se le fueron los ojillos detrás de los vasos. Era evidente que había bebido alguna vez y quizás estaba ahora en tratamiento, incluso podía tratarse de una alcohólica en proceso dc desintoxicación. O sea, que había tratado de despistarlo mostrándose como una persona que nunca había roto un plato.

Cuando se despidieron Luis Alberto se quedó con las ganas de seguirla, pero se abstuvo cuando la vio, desde el coche, perderse escaleras abajo por la boca del metro.

La llamaré esta noche, se dijo dándose ánimos… Y cuando llegó la hora, marcó el número y le dijeron que allí no vivía nadie con ese nombre, a pesar de que insistió e insistió y marcó varias veces el número, no fuera que se hubiera equivocado. Estaba claro: evidentemente, él no era el hombre que buscaba Laura. Y bueno, se dijo una vez dentro de la cama, ella se lo pierde; tenía que haberme conocido aquí, y clavó con fuerza el dedo y rasgó la sábana.

LA CUERDA DE LA ROPA

Lo había soñado muchas veces de pequeño. Se lanzaba al vacío desde la ventana de su dormitorio, en un octavo piso, y caía, caía... Al llegar al séptimo se sujetaba con las manos a la cuerda de tender la ropa hasta que ésta cedía, y volvía a caer hasta el sexto, repetía la misma operación y cuando se rompía la cuerda, amortiguando la velocidad, reanudaba su caída hasta el quinto, el cuarto, el tercer piso, el segundo y el primero. Y llegaba al suelo como si se hubiera tratado de un salto, ni siquiera notaba dolor en los pies.

Y soñaba que volvía a subir hasta su casa y abría la ventana y se tiraba de nuevo porque las cuerdas estaban otra vez tensas y en su sitio.

Cuando se despertaba, notaba una sensación de placer de haber superado un gran obstáculo. No le interesaba saber qué le producía aquel sueño, por no romper el encanto con un "habrías cenado mucho" o "tendrías gases" o "se te habrían bajado las sábanas"... Su aventura se la reservaba para poder volverla a repetir una y otra noche, aunque no siempre lo lograba, pues aunque tenía gran habilidad para cambiar el curso del sueño, evitar malos ratos o hacer que continuaran los agradables, la caída era difícil de provocar.

Entre los quince y los veinte años no soñó con su caída, aunque permanecía en su imagen como una verdadera película. Pero el día que cumplió veintiuno soñó que de nuevo abría la ventana de su cuarto, se ponía unos guantes de cuero para no despedazarse las manos al agarrarse a la cuerda y se lanzaba al vacío. Sin embargo, esta vez había cuerda en los pisos pares solamente y la velocidad de caída fue, por consiguiente, mayor. A la mañana siguiente, Eusebio sintió un calambre en una de las piernas al levantarse y, al acordarse del sueño, mientras se lavaba, asoció su dolor con la caída y le vino a la mente una sensación de premonición de que aquello significaba un aviso. Ese día no salió de casa, por miedo a caerse en la calle o a ser atropellado por un autobús, pero al día siguiente recibió la llamada de un compañero de clase que le invitaba a una fiesta nocturna en casa de unos conocidos, y se decidió a salir.

Cuando llegó a la casa había poca gente. En un rincón, un grupo de chicos y chicas hacían algo a escondidas que Eusebio no comprendió. La dueña de la casa le ofreció un vaso de sangría "hecho por ella" y al primer sorbo Eusebio notó el fuerte olor a mezcla de alcohol que llevaba. Siguió bebiendo, pues la sangría tenía mucha azúcar y era fácil de tomarla, hasta que sintió que se le doblaban las piernas y fue a sentarse junto al grupo del principio.

Echó la cabeza hacia atrás y se dio un golpe con la pared, pero hizo como si no le hubiera dolido para no despertar risas o críticas entre los que estaban cerca. Cerró los ojos un momento y los notó secos. El humo de la sala flotaba como en una densa nube, mezclado con el olor de los cuerpos sudorosos y el intenso de la marihuana.

"A mí me han echado algo en la copa", pensó Eusebio mientras daba nuevos sorbos al vaso de plástico. En ese momento sintió sobre su mano el tacto húmedo de una mano femenina que le ofrecía uno de aquellos cigarrillos que escondían.

—Anda, pruébalo, te va a colocar… es muy buena…

Eusebio se llevó el cigarrillo a los labios y aspiró con mucha fuerza. Notó el sabor de la hierba quemada y la fuerte bocanada le produjo un pequeño paro cardíaco.

—Fuma más, pero más tranquilo…— dijo la joven.

Y él, haciendo caso a sus palabras, continuó fumando hasta acabar con el cigarrillo. En ese momento se puso de pie y no sintió las piernas. Trató de moverlas y no las notó pesadas, cosa que produjo una risa general. Eusebio se sintió muy cohibido al principio, pero pronto se contagió de la risa y su boca se abrió al máximo para soltar unas carcajadas como nunca había hecho. Y como se sintiera el centro de atención, se situó en el centro de la sala y esperó a que todos dejaran de reírse.

—Anoche— dijo cuando se hubieron callado todos —soñé que me lanzaba por la ventana…

Se acercó al balcón del salón, seguido de algunos curiosos.

—Dinos, dinos— dijeron casi al unísono.

—Y me lanzaba al aire y caía y caía, pero no me hacía daño.

—Y por qué no lo haces ahora— rogó la chica que le había ofrecido el cigarrillo de marihuana.

—Pues, pues…— dudó Eusebio.

—Venga, venga— le animaron los otros.

Eusebio, en un momento se vio rodeado por una multitud que lo empujaba hacia el balcón abierto de par en par y sintió que entre dos le sujetaban los tobillos.

La casa de Eva estaba en un tercer piso. La policía había rodeado la manzana. La noche, hasta entonces tranquila, se había interrumpido con el ruido de la sirenas y los ladridos de los perros.

El cuerpo de Eusebio fue levantado y colocado sobre una camilla. Alguien, un hombre de mediana edad, había logrado acercarse hasta el cadáver y levantar la manta que lo cubría.

—¿Es familiar suyo?— preguntó un policía.

—No— respondió el hombre.

—Pues aléjese.

Junto al furgón de la policía y custodiados por ésta, el grupo de la fiesta permanecía en pie, con ojos brillantes.

—Veréis la que os va a caer— les dijo el hombre de mediana edad.

—No os preocupéis— dijo uno de los jóvenes. —Este tío es abogado y no ha perdido ningún caso.

—Por favor, retírese— le ordenó otro policía.

Y el hombre de mediana edad desapareció en un coche que había aparcado cerca. Parecía contento.

La noticia salió en primera página de todos los periódicos de la ciudad. Era toda una sensación. Un joven muerto, una presunta homicida salía en libertad gracias a la fianza pagada por su padre y porque no había cargos contra ella.

El grupo procuró hacer sus fiestas sin invitar a novatos.

—Le debíamos haber puesto el traje de Supermán— dijo Eva un día en que estaba de fiesta con sus amigos.

Éstos rieron asintiendo y siguieron fumando marihuana.

EL PATRÓN

Aurora se levantó sobresaltada. Las sábanas, arrugadas y humedecidas, se habían desprendido de la cama. Su camisón se había subido, con las vueltas, hasta dejar ver, enteras, sus piernas.

Afuera había dejado de llover. La hierba estaba mojada y comenzaba poco a poco a secarse bajo los rayos del sol. Iba a ser un día caluroso, como los anteriores. El patrón debía estar ya esperándola.

Aurora se vistió a toda prisa. Se puso su traje blanco que se ceñía en su cintura. El calor la asfixiaba. Se puso su sombrero de paja y salió de la casa.

El camino hasta la oficina del patrón era corto y atravesaba un puente. Al cruzarlo, creyó ver a alguien debajo que la observaba. No bajó la vista, sino que hizo como que miraba el cielo.

Al llegar a la oficina encontró a su patrón escribiendo delante de su despacho. Era un escritorio de madera de nogal. Las paredes estaban desnudas. Detrás de su silla había una puerta.

El patrón levantó la vista y con un gesto la hizo pasar al despacho contiguo. La invitó a sentarse en un sofá blanco. Abrió un cuaderno y comenzó a escribir. Comenzó el interrogatorio.

¿Nombre y apellidos? ¿Casada? ¿Hijos? ¿Domicilio? ¿En qué trabajó antes?

La entrevista se alargaba y Aurora sentía desfallecerse. Congestionada, se levantó para pedir agua. Él notó que se tambaleaba y se apresuró a agarrarla por el brazo. Ella cayó sobre sus brazos. El contacto de sus cuerpos, sus olores, aquel olor tan peculiar de él, la sumió en el más grande de los delirios. Sus bocas se rozaron, y ella, sedienta, recobró el ánimo. Él la tumbó sobre el largo del sofá y colocó su cabeza sobre sus rodillas. Ella comenzó a desabrocharse el vestido, que la oprimía, y buscó con la boca lo del patrón.

Sus cuerpos cayeron, casi desmayados, sobre el suelo.

El contacto con el frío mármol les hizo reaccionar. Saciaron su sed y se fundieron en una tarde de verano, de sol y calor, mucho calor.

CUENTO DE NAVIDAD

Como cada año, llegó de forma inesperada el 24. El mes de diciembre se precipitaba a la vuelta del verano en un invierno que se alargaba en los interminables enero y febrero.

Simple, poco tiempo después de guardar sus trajes de hilo y algodón entre plásticos hasta la temporada siguiente y cuando aún no había hecho frío como para ponerse el abrigo de piel de lobo, se vio de pronto sorprendido por las fiestas. Tenía que apresurarse y organizar la compra de regalos a sus sobrinos Clara, María y Simple, su preferido.

El 24 por la mañana, después de tomar la obligada copa de champán con los compañeros de la oficina, se unió a la multitud que caminaba con prisas por la calle, cargada de paquetes y dudando entre entrar en una tienda o en otra.

–A Clara le compraré una muñeca de trapo– pensó en voz alta, mientras esperaba que se pusiera la luz verde para cruzar. –Y a María, como es mayorcita, un bolso.

Una vez en la acera de enfrente, Simple se paseó mirando escaparates hasta encontrar la muñeca con la que hacer feliz a su sobrina, y cuando la encontró se dirigió a un gran almacén. Estuvo revolviendo durante un rato, buscando bolsos para jovencitas y al final creyó dar con uno, de color burdeos, que seguramente sería del gusto de María.

–¿Y a Simple? ¿Qué podía comprarle este año? ¿Más libros?

Pensando en su sobrino devoralibros, y sin salir del almacén, se dirigió a la planta donde estaban los libros, las novedades, los más vendidos del año, los últimos premios, los clásicos, los *best-seller*… Abrió varios libros, se fijó en las fotos, dibujos e ilustraciones, y se abstrajo pensando en la gran desilusión que se llevó de niño el día que supo, por boca de un chico mayor que él, que los Reyes Magos no existían; y él no quiso creerle pero preguntó en casa y la madre le había dicho la verdad. La lámina de un grabado antiguo le devolvió la atención sobre un libro que tenía entre manos. Pasó las páginas, y como el libro le gustaba buscó al encargado para pagarle.

–Hay un tomo de aviación también. ¿Quiere verlo?

–No hace falta. Póngame los dos y envuélvamelos como para regalo.

–*Historia de la navegación*…– murmuró el empleado, mientras tecleaba en la caja registradora –…y la *Historia de la aviación*. Para regalo me dijo…

Simple respondió con un gesto afirmativo, pero mirando hacia otro lugar, y cuando el empleado le dio una bolsa con los libros se dirigió con mucha prisa hacia la salida. Cuando estuvo de nuevo en la calle respiró con alivio. Llamó un taxi y, una vez dentro del vehículo, pidió al chófer que lo llevara a casa de una tía abuela que vivía en las afueras y a quien deseaba felicitarla por las fiestas.

A través del vidrio miraba sin interés el movimiento de transeúntes, hasta que llegaron a una zona residencial donde apenas si se veían a algunos niños jugando en la calle. Cuando abandonaron estas calles, se adentraron en una zona verde al noroeste de la ciudad y atravesaron un paseo de árboles cuyas ramas habían perdido todas las hojas, que aparecían, amarillas, amontonadas en pequeños montículos equidistantes, obra de los barrenderos del parque.

–Tiene que ir por el camino que hay al final de la carretera, a la derecha– advirtió Simple al taxista.

Éste, haciendo caso omiso a sus palabras, pisó a fondo el acelerador, y saliéndose de la carretera fue a dar a un descampado que, de forma inesperada, aparecía cubierto de nieve.

—Pero si no ha nevado aún…— pensó Simple, olvidando que el conductor se había alejado del camino.

De pronto el taxi frenó dando un fuerte patinazo que hizo chirriar y resbalar las ruedas. Simple salió despedido de su asiento y fue a dar de narices contra la nuca del taxista. Y ocurrió, de nuevo en estas fechas, lo inesperado. Ahora había en su lugar un hombre de pelo canoso, cubierto con un gorro de lana rojo, y vestido con un traje también rojo. Simple, recuperándose, lo miró con sobresalto.

—¿Sorprendido, eh?

—¿Quién es usted?— inquirió.

—No me digas que no sabes quién soy.

—Ni idea. Sólo quiero que me lleve a un sitio, le explico cómo se va, y ahora usted me trae a este lugar…

Echó una mirada despectiva hacia el exterior.

—¿Qué es lo que quiere de mí? ¿Dinero?

El hombrecillo de rojo, un poco triste, se volvió hacia él y dándole unas palmaditas en el hombro lo invitó a que se acomodara en el asiento. Puso en marcha el coche y antes de quitar el freno se dirigió a su viajero a través del espejo retrovisor.

—¿Estás seguro de que quieres irte?

—¡Qué pesado!— murmuró Simple, y levantando la voz exclamó:

—Sí, quiero irme.

—Tú te lo pierdes— dijo el hombrecillo, mostrándole una bola de cristal que extrajo de una bolsa que había en el asiento del copiloto.

Simple hizo un gesto con los hombros, se acurrucó en el asiento y volvió la cabeza…

—Incrédulo— gritó la anciana, agitando su bastón.

Simple la sujetó por el brazo, tratando de calmarla.

—Tú y tus ideas y acabas de perder la bola de cristal, una bola que con sólo frotarla y pedirle un deseo te lo concedía.

Después de tomar el té, Simple besó a su tía abuela, deseándole una feliz navidad y llamó un taxi para que lo llevara de regreso. Una vez dentro, se acordó del viejecito, miró al nuevo conductor, y como viera pronto las luces de la ciudad se olvidó de lo sucedido.

—Fantasías de una pobre anciana— pensó, y se puso a leer el periódico.

LIBROS DE DERECHO

Antonia se subió en lo alto de la escalera y cuando estuvo en la cima recordó escenas de alguna película en la cual *él* se acercaba sigilosamente por detrás y levantaba su mirada y veía algo más que las pantorrillas de la protagonista. Claro que en aquellas películas en blanco y negro las actrices llevaban faldas largas de tubo y, como mucho, dejaban ver las ligas que les oprimían las piernas un poco más arriba de las rodillas.

Antonia cerró durante unos instantes los ojos y pensó en que abajo podía de repente aparecer su ídolo, el gran amor de su vida, el amante perdido, y sonrió para sus adentros y suspiró profundamente.

Cuando fue a abrir los ojos, se encontró con unas espaldas anchísimas (o al menos eso fue lo que le pareció) a la altura de sus tobillos. Pertenecían a un hombre que buscaba libros de Derecho. Antonia, al verlo, no se lo pensó dos veces y haciendo un rápido repaso mental de todos los abogados, jueces y fiscales que podían haber sido suyos y que nunca lo fueron, saltó sobre los hombros de aquel desgraciado como saltan los extras, esos Robin de los bosques desde lo alto de una rama, y en la caída se creyó Antonia que aquel individuo correría con ella a sus espaldas portándola como una tierna y dulce doncella, tal vez como una diosa maravillosa, pero el tipo se quebró y cayó doblado en cuatro y al tocar el suelo expiró.

...Y COLORÍN COLORADO...

ÍNDICE

9 ¿No comes nada?

15 La responsabilidad

23 El misterio de la casa encantada

35 El azabache azul

41 Verdes prados

47 Lentejas estofadas

51 Testigo insólito

57 La residencia de huéspedes

61 El puente

65 Últimas horas con Pumby

71 Higaditos al jerez

77 El traje del abuelo

85 El ratoncito Pérez

89 El siete de julio

99 Lo que el mar se llevó

105 El mayordomo

109 La lista negra

119 El verano de la mujer de Paco

125 Manía persecutoria

133 El último viaje

137 Un día después

143 Aquel rostro
147 Un ejecutivo libre de toda sospecha
153 Nativel
157 Temores
163 Un matrimonio con vista
169 La farmacéutica
175 Caras y máscaras
181 La pitillera
189 Mi noche con Soraya
197 El amor ciego
203 Rosa María
211 ¿Dónde está Irene?
219 El chupatintas
223 El Canal Soez
229 La mujer misteriosa
237 La cuerda de la ropa
243 El patrón
247 Cuento de Navidad
253 Libros de Derecho